トレドまで

半井澄子

郁朋社

トレドまで／目次

トレドまで　5
風の道　37
折木先生　69
骨灰を撒く庭　105
白山吹の墓　143

庭の千草　185
木洩れ日の舎　251

装丁／根本比奈子

トレドまで

1

真夏のスペイン——その暑気は想像しただけでも、頭をくらくらとさせるに充分だった。そのただなかへ、瀬木響子はあえて身を置こうとしていた。

その訳は自分でも分からない。ただ、十年ほど前、やはり狂熱の国カンボジアへ向けて飛び立ったときと近似した気持ちがあるということだけは言えそうだった。明確な理由はなく、何かこう、出口のようなものを見出そうとあがいているとき、自ずと、息づまるような灼熱の太陽と無言の人びとの行きかう異国を想い浮かべているのだった。

アンカレッジ空港では、東京を発つときに着ていたワンピースでは、とても耐えられそうにないほど肌寒かった。機内で、響子の近くの席にいた団体客なのだろう女たちが、化粧室ででも着替えたのか、それぞれに様変わりして見紛うばかりだった。しかし、機内に入ればどうということもないのだし、あとはマドリッドへ向けて飛ぶばかりなのだからと、響子はそのままの恰好で給油時間を待った。

マドリッドに近づくにつれ、眼下は赤茶けた丘陵が延々と拡がり、荒寥とした地としか映らなかったアンカレッジとはむろんまるきり異なるが、索漠とした感じは共通のもののようだ。人家や人影が見あたらないせいかもしれない。

マドリッド市内のホテルの一室に響子は落着く。空港からホテルまでの間、暑いという感覚がほとんどなかった。

靴とストッキングを脱ぎ散らし、ベッドに腰を下ろすと、響子はまず煙草に火をつけた。深く喫い込むと、頭がくらっとした。

〈また煙草？　喫い過ぎよ、肌に良くないのに……〉

誰かが傍らでささやいた。いつも周囲の者たちから言われ続けているので、そんな気がしただけだが。

〈分かってる。でも、仕方ないのよ〉

と響子の答えまでが同じだ。

ほんとうに、もう限界だと痛感している。それでもなおいっそう深々と喫い込み、眼を閉じ、ベッドにひっくり返った。

〈とうとう来てしまった！〉という感慨はそれほど起こってこない。此処にこうしていれば、それが自然のようにも思え、やってきたことを後悔もしなければ、また、喜んでもいないらしい自分に気づく。とにかく現在は深く思いを致すのはよそうと、響子は煙草をもみ消して起きあがった。

何をとりだそうということもないが、とりあえずはスーツケースを開けてみた。大したものは入っていない。それを確認するために開けたようなもの。二、三の服を、脱ぎ捨てた服と共にハンガーにかけ、洗面具を持って浴室のドアを押した。

明るすぎる照明のもとの大鏡に映しだされた、四十に手の届こうとする女の顔と肉体が在った。それは、一時間でもと見つこう見つ見あきることのなかった十代の頃のものではむろんなく、また、いつどんな折に映しだされようとそうあるのが当たり前と、改めて気に止めることもなかった二十代の頃のものでもなく、もう決して見とれることのないもの。不快感なくしては、あるいは諦めなくしては見つめることの難しい女の顔に、肉体に、しかし響子は、手にしていた洗面袋を投げつけようとはしない。

鏡を砕いて消え去るものでもなく、また、他に助けを頼むことも叶わない。たとえ「助けて！」と叫んでみても、誰も振り向いてくれはしない。水に溺れかかっているのを助けるのとは異なるのだから、助けを求められたほうとて手の施しようもあるまい。ちょうど夢の中で、苦しさにもがいていても、その胸苦しさから解放されるのは、常に自身の目覚めによってでしかないのと同様に。

「見ろ！　ホラ、見ろよ。あんたの顔と姿をさ」

若い恋人《アミ》に髪を引っつかまれ、鏡の前にぐいぐい押しつけられている中年の女は、「ノン、ノン」と叫び、首を振り、必死にそこから逃がれようとする。何という題名の映画だったか、その一シーン。あれを観たのは響子が娘の頃だった。遠い世界のことと思いつつも、妙に現実感のある、女の哀れさ、腹立たしさを強烈に叩き込まれたものだった。

しかし、あの女は、なぜ鏡の前から逃がれようとしたのか。愛する青年の前で、そして生の女の感情として当然のしぐさだったかもしれない。が、それでは当たり前すぎはしないか。鏡の前にすりよって、「見ろ」と言われるまでもなく、そこに映しだされた姿かたちを隈なく見据える女はいないのだろうか。それが女というものなのだろうか。

ちらりと覗く白髪や、いつの間にやらうっすらと張りついたしみや弛みを、ありのままに受け入れて、乗り越えていくには、次元を異にした見方が必要なのではあろうが——。

自身認めがたい醜悪さを、容姿容貌よりも、いや、のみならず、鬱々《うつうつ》とした自己の裡のほうに、響子はむしろ認めていた。


シャワーを浴びた響子は、動きたくない気分だったが、ともかくも部屋を出た。ホテルのバーでコーヒーを飲む。昼食の時刻だったが食欲はなかった。誰かと共にあれば、食べたくないなどと我意を通すこともしないが、こうして独り放たれると、響子には、時刻がきたから食すなどということはまず皆無で、起床も、就寝も、その他ほとんどのことに規則を逸脱してしまいがちだった。

「それでよく主婦が務まるわね」

などと言われると、そのことばがひどく唐突に聞こえ、響子は戸惑うばかりなのだ。「主婦?」自分がそう呼ばれている者なのかと奇妙な気持ちに陥らされるのだった。自ら主婦であるなどと意識したことがなく、ただ周囲によって、友人や市役所や隣組み、あるいは八百屋や魚屋などによって、いやも応もなくその位置に置かれ、はめこまれているにすぎなかった。それでも娘の時分に較べれば、最低限やるべきことは、それらしくやっていると思うのだが。

独り身の頃は、はかりしれぬほど気ままだった。といって、好き勝手をしていたというのではない。心が横溢して、悩みまでもが自由にはばたき、したがって痩せ細るくらいに悩めるだけ悩み、そのあげくに病いに冒されてしまったほどだった。夢も、現実のなかに見ることができた。救いようのないほどの真の孤独感も確かに在った。

家庭の人になって以来の響子は、何も彼もが曖昧で、悩みは何かによってすり替えられ、夢は、夢のなかでしか描けなくなり、孤独感も何とはなし済《な》し崩しにされ、日常のなかに埋没してしまった。一見、娘の頃よりもはるかに生きやすくなって、その分、身についた濁りも、知らず濃さを増し、いま響子は、その濁りをかき混ぜないよう凍結して、異国の街を歩いていく。

街といっても、そこはホテル近くの裏通り、車も人も少ない。そして思いのほかに暑くない。陽射しは強烈なのに、じわりとした汗もでない。カラッとした快い暑さである。風がサラサラしているせいだろうと、響子は、百日紅《さるすべり》に似た、しかし赤ではなく薄紫の花をつけた樹を見あげながら思う。

大きな池のある公園に入っていった。白いボートを一面に浮かべて、明るくゆったりと憩っている人々のさざめきはあるはずなのに聞こえず、水面にキラキラと反射している木洩れ陽が、かえって華やかな音を立てているように感ぜられた。

日本では出会わなかった光と空気のなかに、現在、この身を包まれていることに幸福感を覚えるのなら、それだけで充分、このうえ思い煩うことはあるまいに、と響子は自身に言いきかせる。

誰かが書いていた。一生のうち、瞬時でも心からの喜び、幸福を感じることが、何回かあるならば、そのとき、真に生きているのであって、あとの数十年分もの人生は、そのためにのみ在るだけなのだ、と。

一瞬のうちに消え去る虹を、長く長く空に架けておこうとするのが誤りなのだろう。しかし、その虹すら、かつてどれほど見たことがあったかといえば、響子には数えるほどのこともない。

「こんにちは」

「……?」

「やはり観光旅行だったのですか。私たちはまた、お独りで、それに黙ってばかりいらしたから、何かご用事で、お知り合いのところへでもいらっしゃるのだと思って」

「……」

「あら、ごめんなさい、突然に」

声をかけてきた女は、そう言って鎖のついたサングラスをはずした。どうやら飛行機で一緒だった一行のなかの人のようだ。

「何をぼんやりなさっていらしたの? こんなに照りつけるところにいますと、日焼けしてしまいますわよ。余計なこととは思いますけど、私たちぐらいの歳になりますと、日焼けは禁物ですわ。すぐに染みになってしまうんですもの、ねえ……」

白い鍔《つば》広の帽子を眼深にかぶったその女は、後方にいる仲間たちに同意を求める素振りをした。

「失礼しました。あなたがあまり長い間、そうして立ちつくしていらっしゃるものですから、つい。それでは」

響子と同年齢、あるいは年上らしい人も混じえた女たちの一団は、嬉々として笑いさざめき合い、ぞろぞろと向こうへ歩いていった。


女の言うとおりなのだ。知人のところへ行く予定になっていることも、また、日焼けと染みのことも。フランスの知人のところへ行くことになっているが、それが目的ではなかった。後者の件は、言われるまでもなく常々実感していることであった。自然の理でありながら不条理なことと腹立たしかった。しかし響子は、立ち去った彼女たちのように、常に怠りなく、敢然と、具体的な防御の策をもって抗《あらが》おうとはせず、ただ、精神的に抗うばかりで、それはかえって、心を鬱屈させる手助けをしているようなものだった。

響子には、現実へのひどい欠落があるらしく、時折、突きつけられる現実を注視することがあると、まったく異次元の世界のような肌触りを感じるとともに、その世界がいくらでも開けているらしいことに驚かされるのだった。そしてその時ばかりは驚愕し、新鮮ささえ覚えるのだが、それもつかのまで、知らず自身の裡につくりあげてきた領分へ引きあげ、閉じこもってしまうのだった。

そう言えば、響子は友人などと会うつど、その時だけでも、暗くじめついた領分から引っぱりあげられてきたといってもいい。が、そうされることが嬉しいことであったとは、必ずしも言いきれない。

現実から現実へと、その間隙に落ち込むことのおそらく少ないであろう人に、息苦しさを覚えることもままあった。しかし、相手の立場からすれば、模糊《もこ》とした世界に浸りこんでいる響子のような者に接することは、もっと心弾まぬことであったにちがいない。

2

響子はスペイン広場に立っていた。

中央のドン・キホーテとサン・チョパンサの像を眼にしたとき、自分がなぜスペインへ来たのかを初めて知らされた気がした。むろん、強烈な陽光を欲したからではあったが、それは別として。しかし、だからといって、ドン・キホーテの物語を心に描いてやってきたのでもない。ただ、いきなりこの像に接して、なぜか胸が傷み、涙ぐみそうな懐かしさを覚えるのだった。

「すみません、写真を撮ってください」

例によって周囲を忘れて突っ立っている響子の手元に、カメラが押しつけられた。

「もう少し後ろへ退がったほうが……あの銅像が入らなければ意味がないので」

肩を寄せ合った若い男女が、口を揃えて注文した。ドン・キホーテとともに写真におさまろうと意気込んでいる二人の輝いた顔に、響子は黙ってレンズを合わせた。

ホテルに戻った響子は、大してかかなかった汗を流してから食堂へ行った。部屋で食したかったが、このホテルはそうもいかなそうだし、また、ことばの不自由さを考えると面倒でもあった。響子は、どこの国へ行っても、食べものについてはおそらく困らないであろう。特別食べたいものといってなく、また、いやなら手をつけないままで、その代わりを欲しいとは思わない。

「ああ、もう駄目。白いご飯とおみそ汁が食べたい！」

そんなことばがひょいと耳に入ると不思議だった。分からないわけではないが、美味を追いかけ、どうしてもこれでなければ、あれを食べたい、これを味わいたい……そういうことはどうも自分にはピタリとこないのだった。響子にも好みはある。しかし、たとえば僅かの日数、それを我慢できないということもあるまい。

部屋に戻り、煙草を喫いながら、響子はカーテンを開けて窓外を眺めやっていた。まだ夜にはほど遠い。時計の針はすでに大分廻っているのだが、スペイン辺りは、北欧のようにとまではいかないが、白夜に近いのであった。

「フラメンコを観に行かないのか」

片言の日本語を話せるボーイが訊きにきた。このホテルでは、毎夜、観客を募っているのだという。

明日の日程にさしつかえる客もいるので、人数が集まらないらしい。ツアーの客は、自分たちでかたまって行くので、フリーの客ばかりのようだった。響子は興味といって格別なかったのだが、どうせ眠れないだろうからと思いなおした。

言われた時刻にロビーに降りてみると、日本人は一人もいない。心細くないでもなかったが、もともと独りでやってきているのだと、ホテルの車に乗りこんだ。

夜十一時からのショーの始まるところだった。煙草のけむりと人びとの発散する熱気と掛け声。そして、美しい歌声と舞姫たちの情熱的な踊り。ワインを傾けながら、その渦のなかに巻きこまれていく自分を、響子は快く眺めていた。

日本にやってくるフラメンコ舞踊団の雰囲気とはまた異なって、いわば民謡調色が濃く、舞台にずらりと並んだ踊り子たちも、若く清純な、また女盛りの、そして明らかに相当年のいった……とさまざまで、しかも、いずれも気取りなく、他が踊り狂っているときには椅子にかけて、あるいは立って、手拍子、足拍子、自分も観客となって熱心に凝視し、かつ、場を盛り立てている。

ことに、この人はまさか踊らないのだろうと思っていた、小柄ででっぷりと肥えた、ひときわ濃厚な化粧の中年すぎの女が踊りだしたときには、そしてその迫力の凄さには、響子は圧倒されたばかりでなく、眼頭が熱くなってしまった。どこの国の人々か判然としない同行者に混じって、何かわけの分からない声を響子もまた出していた。そんな姿を眺めているもう一人の自分は、もうどこにもいなかった。

〈わたしだって生きられる。そうよ、生きていけるのだ〉
響子の掛け声は、そう言っているのでもあり、あの踊り手のおばさんと一体となって、すでに観客ではなく、舞台にあがらない踊り子となっていた。

一時間余の狂熱は終わった。

いや、まだまだ続くのだが、ホテルからきた者は、引きあげる時刻だった。熱を吹きこまれて脹れあがった頭をふらつかせながら、裏の調理場の前を通って、出口に向かった。その身幅すれすれの細い通路で、響子は見た、舞台から降りて休憩中の踊り子たちを。

間近に見る、どぎつい化粧に彩られた彼女たちは、荒れた肌を汗まみれにし、皆、それほど若くはない。まだうら若い娘かと思えていた女でさえが例外ではなかった。まして、舞台でも、すでに相当の年齢に見えた女などは……。だから、どうというのでもない。幸か不幸か、あのおばさんの姿はなかった。

3

翌日のトレド行きは、少し遅くなっただけであった。その一時間ほど、タクシーの窓から見わたせるのは赫土《あか》の丘陵とオリーブ畑ばかりだった。響子は、昨夜のフラメンコのことを思い返していたが、あの心の昂揚は一体何だったのだろう。こうしてシートにじっと背をもたれさせて、奔り去る漠とした風景をあかず眺めていると、この風景との深いつながりを感じるのか、こちらのほうが自分にはしっくりするようにも思えてくる。

見上げる丘の上に城のような建物が見えてきた。橋を渡り、やがて車から降りると、響子は、教会やエル・グレコの家などを巡り歩き、ついでのように、特色のない或る建物のなかへ入っていった。絵画や彫刻の類が一応展示されてはいるのだが、数も少なく、それに格別著名なものもないせいか、人の姿はまばらだった。薄暗く、静謐《ひっ》さの漂うなかに在ると、コツコツと靴音が反響する。

ひんやりとして気持ちのよい反面、どこか居心地がよくない。響子は引き返そうとした。どこからともない視線を感じたのはその時だった。響子はゆっくりと周囲を見廻した。薄暗い内部の、中でもいっそう暗い隅の個処の椅子に座っている人を認めた。首を元に戻し、もう一度あらためてその人を見た。

黒っぽいレースのような布で頭髪を覆ったその人は老女で、しかも日本人ではないのか。響子の脚はその場に止まってしまった。後ろからきた人も、その老女を認めたらしいが、しかし何も感じない様子で、響子の傍らをすり抜けていった。

老女の射るような眼差しとぶつかったのは一瞬で、すでに老女は俯き加減に、しかし姿勢だけはしゃんとしているのが、暗いなかでも察せられた。

響子は、こうした場合、自ら近寄っていったり、話しかけたりということはまずしないのが常だったが、この時、考える間もなく、脚が老女のほうへ向かっていた。老女が日本人らしいということ、それも、ここの監視人であることは明らかだったからであろうか。

響子は、老女の直前まで行って会釈をした。顔をあげた老女の、鋭く、しかし深い瞳はスペインの人のもののように見えた。見つめれば見つめるほど、なおそう見えてきて、響子は戸惑ってしまった。やはり早トチリだったかと慌てて、失礼といった仕種をして踵《きびす》を返した。


「あの……」

老女の声が背に浴びせられた。

「あなたは日本の方ですね」

たどたどしいが、確かに日本人の日本語である。

やはりまちがいではなかった。容貌や何も彼もがスペインふうなのに、ちらと見た第一印象だけが、日本人と直感していたのだ。

「はい、あなたも」

「よく分かりましたね。顔立ちが大和撫子《なでしこ》ふうではないですものね。ましてこの齢になりますと、大概の人は気づきません。それでいいのですが」

「ここでお仕事を？」

「私にできることは、このぐらいしかありませんから」

「長くスペインに？」

外国に暮らす日本人は多い。したがって、その人たちに放たれる質問は、大方は決まっている。響子もまた、そんなふうに言うしかことばが見つからなかった。

「長い、長い……でも、そんなに長くも感じられません。そう、大変に曖昧ですが」

「あの、ご家族はこちらに？」

「いいえ、家族はありません」

「それで、日本にはずっと帰られていないのですか？」

「ええ、一度も」


よほどスペインが気に入って……そうした理由でないのは明白だ。その理由を訊きたいのか——響子は自問する。自分のことでいっぱいで、それ故にこそ、こうして外国へまでやってきたというのに、その他国で、行きずりの老女に深入りしたいと願っているらしいのが、自身不可解だった。

老女とて似たようなものであったろう。つい、うっかり声をかけてしまったが、別に、身の上話をしようなどとは思いもよらないことだったろう。響子は、ふっと傾いていきそうになるのを抑えて、

「それではお元気で。さようなら」

とさり気なく口にしていた。

老女は、「あなたも」とていねいに頭を下げた。

マドリッドへ戻り、そのまま相変わらず陽の照りつける街なかを、響子はプラド美術館まで徒歩で行った。タクシーに乗るべき距離だった。しかし、炎天下ではあっても、さらりとした微風に肌をさらして歩くことの快さは捨てがたい。それに、ビルディングの蔭になっている側を選んでいけば、適度の暑気はかえって心身を解放してくれる。路上に張りだした店で、冷たい飲みものに喉をうるおしたりしながら、漸く行きついた。

ゴヤの〝裸の伯爵夫人《マハ》〟、〝着衣の伯爵夫人〟の絵などを観て廻りつつも、響子は、心ここに在らざれば感銘は強く起こってこないのも致し方ないといった状態だった。何が心を占めているのかは、はじめ、響子自身はっきりと分からなかった。ただ、数知れず展示されている絵画、彫刻群を、丹念に鑑賞して廻るのは苦痛ですらあった。

心底からの感動感銘というものは、滅多にあるものではないらしい。少なくとも、響子に於いては。それとも、若い頃はまだしも、近頃では、ちょうど己れの肌のように、みずみずしい吸収力が薄れているからなのだろうか。いずれにしても、芸術作品よりも人の生きざまに、ひょんなところから惹きつけられるということが、それは屢々《しばしば》あるわけではなかったが、響子にはあった。それが真実のほかの何ものでもないからであろうか。

響子の裡で、あのトレドで出逢った老女のことが、ずっと尾を引いていたのである。

美術館を出て、ショーウィンドウの並ぶショッピング街をのろのろと、しかし店に入ってみようともせずに、ぼんやり考えながら行くと、或る店から出てきた一団に出会いがしらにぶつかった。

「あら！　またお会いしましたね」

例の同じ飛行機の人たちだった。

「あなたもショッピング？　駄目よ、こういうお店は高くて。ここからはちょっと遠いけれど、日本人相手の皮製品屋がありますのよ。私たち、先刻、そこで皮のコートやらを買ってきたばかり」

そう言われれば、金と黒の配色の指輪やネックレスなどの装身具や、またマジョリカの壺や皿などの陶器類のほかに、皮製品を売る店が多いと、響子は初めて気づかされた。

「とても安いのよ、そのお店。お教えしましょうか」

女は買わなければ損よといったふうに、そして、下げていたショッピングバッグから買ったというコートを披露せんばかりに、夢見がちな少女のように嬉しさを隠そうとしない。


女のことばを遠く聞きながら、響子は、やはり、明日もう一度トレドへ行ってみようと思った。セビリア行きは、あるいは中止してもよい。響子は決めた。せっかくスペインまできて、ロンダ、ミハス、バルセロナ……とまだまだ行くところはたくさんあるのに、また同じ場所へ、とは思わない。むろん、あの老女に逢うためである。

4

タクシーの中で、響子はしきりに気が急《せ》いた。あの老女は、まだ彼処《あそこ》にいるだろうか、早く行かないと、どこかへ消え去ってしまいそうな気がしてならなかった。

建物の中に、観光客は一人も見あたらなかった。昨日のようにおずおずとではなく、響子は声をかけた。

「こんにちは」

面をあげた老女の瞳は見開かれた。

「あっ。どちらへ泊られたのですか?」

老女にそう訊かれて、響子は安堵した。あるいは、自分を覚えていないのではないかと不安だったのだ。

「昨日マドリッドへ戻って、今朝またきたのです」

「そうですか。それで、これからどちらへ?」

「どこへも。此処《ここ》へやってきたのです」

〈もっとお話を伺いたくて〉とは言いかねた。実のところ、身の上話をというより、ただ、この人にもう一度接したいという気持ちが先にたっていた。

　老女は何かを察したのか、ふっと息をつめて厳しい表情になったが、それも瞬間のことで、あとは全身の力を抜いてしまったかのように、ふわりとくつろいだ姿勢になって言った。

「あなたは、わたしと共にお茶をいただく気がありますか」

　突然のことばだったが、響子は大きく頷いた。

「ちょうどよかった。きょうは、午前中で閉められます。そのあと、わたしのところへいらっしゃい」

「かまわないのでしょうか」

「ひとり住居ですから、遠慮はいりません。でも、まだ少し時間があります。他処《よそ》を廻っていらっしゃいますか、それとも此処に」

「はい、それではその辺を歩いてきます」

　思いがけず約束の成った嬉しさからか、響子は、こうしたときに間々《まま》はたらく心理で、その場から急いで身を引き離そうとしていた。


　小一時間ばかり、響子はトレドのそこここを徘徊した。どの建物も窓が小さく、その暗い部分はまるで穴だ。ことに人家では、一体どのようにして人びとが生活しているのか見当もつかないほど、内部は何も見えず、想像することさえ難しい。

　石造りでは窓を大きく取れないのだろうか。これはマドリッドの街なかでも同様だ。街路に卓や椅子を並べたカフェに、人びとがわが家に在るが如く、気取りも衒《てら》いもなく悠然と憩っているのも、あながち、日本人とは異なる、他人の眼を気にしない解放された心からばかりでなく、こうした家々に棲んでいるせいもあるのかもしれないなどと、響子は漠然と思いを巡らせていた。

観光客も土地の人も少ないのだろうか、行きかう人びとはいるにはいるが、なぜか何処も一様にひっそりとした雰囲気で、在るのは、ただ強烈な光と微風と建造物と、それで充分だった。

アンコールワットやトムを巡った十余年ほど前の、やはり人気なく、光と樹々と巨大な遺跡群のなかに身を置いたときと、響子は錯覚を起こしそうだった。まだ若かった響子は、輝ける表情をしていただろうか。あのときも現在も、身の裡を流れるものは同じ気がする。この十年あまりをどうやって経てきたのか、思い返すのが難しい。かつて何を求め、そして現在何を求めて続けているのか——。

老女との偶然の出逢いに心惹かれ、響子は再び老女のいる建物に近づいていった。

椅子から立ちあがった老女は、思ったよりも小柄な、が姿勢がよいせいか、腰かけていたときよりも若く見える。

「ちょっと待っていてくださいね」

そう言いおくと、老女は何処へともなく姿を消したが、間もなく戻ってきて、

「さ、参りましょう、すぐ近くですから」

と静かに促した。

甃《いしだたみ》の道を老女のあとにしたがいながら、響子はその背に視線をあてる。足取りもしっかりとしていて、老女あつかいは失礼な気がしてきた。

崩れ落ちそうな建物を示され、入っていく。出入り口というほどのこともないあっけなさだ。暗い階段をのぼった二階の一室、それが老女の棲家だった。外からの想像よりも室内は明るい。といっても、薄暗いことに変わりはない。

卓上の野の花を差した花瓶だけが、いくらかでも華やかさを添え、あとはベッドと椅子と戸棚、いずれも相当に古びた、それだけがあるきりの、いえ、ひとつ、響子を驚かせたものがあった。

それは茶の道具である。釜はあるのかどうか分からないが、戸棚の硝子越しに、茶碗、棗《なつめ》、茶筅《せん》、茶杓などがひっそりと置かれてあるのに眼が行ったのである。

日本を発つときに持ってきたものであろうか、茶筅なども先が擦《す》り切れ、茶碗にもひびが入っている。現在は使われていないのかもしれない。

〈お茶を点《た》てられるのですか？〉

と響子は訊かなかった。

老女もまた、茶のことには触れず、

「コーヒーを淹《い》れましょう」

と言って、おそらく台所があるのだろう、仕切りの向こうへ引っこんだ。

壁に囲まれた部屋にとり残された響子は、心が次第に鎮まってきて、まるで自分の部屋にでもいるような気がしてくる。すべてが異なるというのに、違和感がないのだ。こんな気分になることは珍しかった。

他人と行動を共にするとき、話をするとき、自分でありながら自分でない、いや、いつの間にか他の自分にすり替えられている……それが、どうも仮りの姿と思えてならない日頃の自分をどうしようもなく、しかも、その仮りのくり返しがほとんどの日常。どこまで行っても、いつまでたっても、その状態が変わらないことに耐えきれなくなって、手の施しようがなくなって……そうして旅立ってきた響子だった。

「お待たせしました」

卓には、コーヒーのほかに、パンとサラダの皿が置かれた。

「お昼の代わりになりますかどうか」

老女は、漸く響子と向かい合って座った。

その瞳は深く、そして、その強い光は強固な意志をすら感じさせる。

〈おひとりで、寂しくはありませんか〉

響子が口にしようとしたことばは、異国での独り暮らしの老女にはあまりに相応しすぎ、また、いかにも上滑りなものに思えた。

「あなたは、スペインがお気に入りましたか？」

老女が訊いた。

「はい、でも、どこか寂しい感じがしないでもありません。尤も、あちこちへ行ってみたわけではありませんから」

老女のことがあったので、ことばが擦り替えられて出てきたのかもしれなかった。しかし、それは別にしても、やはり思いは同様だった。情熱的で、明るい風土で、寂しさとは裏腹のようでいて、しかし、それ故にこそ、そうも感じられるのだろうか。

「赫土と石の建物というのは、しっとりとした、といったものとは、およそ逆のものでしょうから。日本のような黒土は、ただ其処にいるだけで、眼にしているだけで、何かこう、大きな温かいものに抱かれている思いがするものですよね。

尤も、其処で生まれ育ったというのでなければ、必ずしも、そういった気持ちにはならないのでしょうけれど」

「子どもの頃、裸足で踏みしめた黒土も、現在ではずいぶん狭められてしまいました。すっかり変わってしまったのです。それでも、やはり日本は日本でしょうけれど。長いこと離れていらしては、懐かしいでしょうね」

「そりゃ、懐かしいなんてものではありません。でも、懐かしんではいけないのです」

「……？」

「誰に強いられたのでもなく、勝手に捨ててきたところですから」

「捨ててきた？」

「ええ、あの国が厭になったのではなく、自分自身が厭になって……そう、ちょうどあなたぐらいの年齢でした。ですから、若気の至りでも何でもなく、分別盛りの歳をして、とさぞかし周囲は思ったことでしょう。でも、私にしてみれば、分別盛りだからこそのことでした。分別ある歳というものがあるとすればのことですが」

「何かおありになって」

「いいえ、何もありませんでした。ほんとうに何ごともなく、平穏無事の日々だったのです」

「あの、結婚していらしたのでしょう？」

「もちろん、子どもも二人居りました。男の子と女の子と」

「お子さん方とも、別れてしまわれたのですか？」

「ええ、私の周りのすべての人たちとです。むろん、あの人たちを厭になったわけではなく、とり囲まれていた当の私に、私が我慢ならなくなったのでした。誰のせいでもなく、ただただ、自分がどうしてよいのか分からなくなって。こんなことを言って、おかしいでしょう」

「いいえ、でも……」

「よく分からないでしょう。他人様《ひと》にお話するようなことではありませんもの」

「そんなことはありません。わたし、興味といっては失礼ですが、もっとお伺いしたいと……」

「まあ、召しあがってくださいな」

昨日まで、まったく見知らぬ人同士であった二人は、まだ名前さえも名のり合わずに、微笑みを交わしているのだった。

「あなたのことを伺ってもよろしいですか？」

老女のことばに響子は頷いたが、この人に較べれば、何も話すようなことはないと思う。

「あなたを拝見したとき、なぜか気になったのですよ。あなたぐらいの年恰好の日本人は、いくらでも彼処へも見えます。でも、今まで、そういうことは一度もありませんでした」

「娘さんと似たところでも。それで思い出されたのでは……いけないことを言ってしまったかしら」

「さあ、今頃はどんなふうになっていますことやら。もう、顔も忘れてしまいそうですよ」

「写真をお持ちでは？」

「一枚もありません。そういうものを持ってでは、日本をあとにできなかったでしょうから。やはり、あの頃の私を、あなたの上に重ねていたのかもしれません。お気を悪くしないでくださいね」

「そんなこと。でも、わたし、どんなふうに見えましまして？　あまり興味のないことですけれど」

「そう、少なくとも、ゆったりと旅を楽しんでいらっしゃるようには見えませんでしたね。思いつめると言ったら大袈裟《げさ》でしょうが、表情にゆとりがないように……何か引っかかるものを感じました」

「そうですか、そんなふうに」

当たらずとも遠からじと響子は思う。しかし、それは、この旅に限ってのことではなかろう。どうも、生来、のびやかな無心の明るさとは縁遠いのが自分のようだ。昔、田舎の小学校の陽当たりのいい校庭で、何かの競技に皆で興じていたとき、ふっと、ほんの一瞬、仲間と心をひとつにしている幸福感を味わったことがあった。あのとき、自分の表情は輝き、美しくさえあったのではないかと思われる。

それ以前にも以後にも、ああした気分に包まれたことは皆無といっていい。どんなに喜ばしいことがあっても、それはあくまでも喜ばしい事柄にすぎず、偽りなく手放しで喜んだのではなかった。

たとえば一昨夜のフラメンコの折も、あれほどの昂揚を覚えながら、しかしそれは、うしろに何かを引きずった、積もりに積もったものを抱えながらのもので、穏やかな光の射しこむ楽園では決してなかった。

「あの頃、私もちょうど、あなたのような感じだったのだろうかと思えたのでしょう。もちろん、そのとき、自分では気づきませんでしたけれど。でも、あなたは、ただのご旅行なのでしょう?」

「ええ、まあ。実は知人がフランスに居ます。そこへ行くつもりで」

「ああ、それでは、これから」

「そういうことになっていますが」

言いかけた響子は、ああ、そうだった、知人のところへ行くのが、始めからの予定だったと改めて思い返す。むろん忘れていたわけではない。が、知人のところへ行ってどうしようというのでもなく、東京を発つ契機《きっかけ》としてそうなったまでで、こうしてスペインに来てみると、何処でもいいような気がしている。

「もう、ずいぶん以前になりますが、私もフランスへ行ったことがあります」

「ずっとスペインにではなく。そうでしょうね、方々廻られたのでしょう？」

「いいえ、旅行としては行っていませんから、あちこちというほどのこともありません。それでも、かれこれ三十年近く経つのですから、それは……」

「いろいろのことが、おありでしたでしょうね」

「そうお思いですか。別に大したことはありませんでしたよ。何かを求めて日本を出たわけでもありませんから。ただ、あのとき、私にはそうするより方法がなかった」

「こちらに、お知り合いでもあって」

「いいえ、誰も」

「勇気があったのですね」

「そんなものは意識したこともありません。あなただってそうでしょう。こうして此処にいれば、別に勇気なんてもの、ことさら必要ないでしょう」

「そう言われれば、そのとおりですけれど」

「ことばがまるで解らなかったので、それは何といっても異国ですから、困ったことも心細いこともありました。けれど、それは具体的なものですから、克服することもできます。それほど重要なことではありませんでした。

私が、どうしたらよいのかわからなかったのは、生きていくそのこと自体がでした。それは、日本にいたときも同じです。結婚して、子どももできて、よくそこまで平気でやっていけたものと尽々《つくづく》思うのです。当時でも、どうして何の支障もなく、抵抗もなく、やってこられたのか不思議なくらいでした。

ですから、いまでは、あれは自分のことだったとは思えなくなっています。私には夫も子どももいなかったのだと、いいえ、懐かしさを断ちきるために、そう思おうとしているではなく、ほんとうにそう思っているのです。

ある日突然に、というわけではないですが、ちょうど、あなたぐらいの歳に、そうして平気で生きていることに、とうとう耐えられなくなってしまったのでした。結婚生活、家庭生活を捨てたからといって、特別な、別の生活が待っているなどとも思いませんでした。それは、よく分かっていたことです。それでもやはり、そうするより他になかったのですねえ」

「あなたが此処におられることは、ご家族の方はご存知ないのでしょうか？」

「もちろんです。私には家族がありません。あの人たちは、疾《と》うに別の家庭を営んでいるでしょう。言わば、私は蒸発してしまったも同然ですから、消えて失くなった者は、元へ戻すことはできませんでしょう。家庭を持ったり、人並みに人生を歩もうとすれば、次々と、絶え間なくしなければならないことが多いですからね。尤も、そうやってこそ、生きていけるようになっているのでしょうけれど。そして、それでいいのではないかと思うようになったのは、異国にきて、大分のちのことでしたが」

「こちらでは、まったくお独りで、ずっと」

「ええ、独りの暮らしを続けてきました。それは、まだ女として燻《くす》ぶるものは残っていたのでしょうから、異性との関わり合いもなかったとは申しません。でも、私の求めていたのは、そうした類のものではなかったのですよ。それでは何を求めていたのかと言えば、はっきりとは分かりませんねえ。あるいは何も求めていなかったのかもしれない。

いずれにしても、たったひとりで生きていくということは、なんと単純で、しかも複雑極まりないことかと思いますよ。他の人との共同生活、それは煩わしいようでいて、それぞれが互いに凸凹を埋め合うようなところも往々にしてありますから、生きやすいということもありますもの。

独りは綺麗さっぱりとしていて、何をどうしようと、どう考えようと、他に弾ね返って面倒になることがありません。その代わり、すべては自分に弾ね返ってきますから、それだけ大変なのでしょうね。

まあ、膝の上の猫の耳でも引っぱって、その反応を意味もなく眺めて長々と過ごしていますと、退屈でそうしているのかどうか判然としませんが、他の人生も同じようなもの、大して変わりはないと思えてくるのですよ。

若い頃から、私にはあれをしたい、これをしたいということが殆どなかったように思えるのです。それは、この歳まで変わらないのですよ。もちろん、何もしないで、ダルマさんのようにじっとしていたわけではなく、いえ、結構さまざまなことをやりました。でも、大概のことは虚しかったものです。これこそが、本当に心からしたいことだったというものに出会いませんでした。

趣味はむろん、恋愛や結婚すらも、みんな望んでのことではなかったようです。

そんなに駄目なら、いっそ自分というものを捨てて、他人のためにと考えられないものだろうかと、考えたこともありました。それも結局は熱が入りませんでしたし……。それでいて、死のうとは思わなかったのですから。それだけが私自身、納得がいきません。私のような者は、こうして異国の片隅で独り生きているしかないのですよ。これは決して卑下しているわけではないのです。ですから同情も、特別の感慨も要りません」

語り続ける老女の表情に変化はなく、むしろ淡々としている。

「お強いのですね」

響子は思わず溜息を洩らした。自身の曖昧さがうしろめたかった。自分とほぼ同じような境遇に在ったとき、この人はすべてと訣別して独り発った。響子もまた、家族をおいて旅立ったのだが、知人を頼ってであった。尤も、それは家族の許容が必要だったからではあるが——何をどうするという決心もなく、躰を引きずるようにしてやってきた。そして、これからどうしようという強い思いもない。

ただひとつ、外部に向かって開けている腰高の小窓から、遠くうかがえるどこかの塔。その尖端が、時折、鋭く響子の瞳を射る。いま彼女は、その斜光に身を委ねているだけである。

風の道

土の小道をからっ風が吹き抜けていった。道ぎわには、欅や樫の大樹がすっくと立ち、黒っぽい大枝を揺らしていた。

南北に通っているその道を南へ向かってひたすら進めば私鉄の停車場へ、そして、北へ向かえばやがてT字路となる。その辺りは、昔、市が開かれた所だが、上宿《かみじゅく》という名によってのみ、どうやら名残りを止めているにすぎない。尤も、広い敷地を持つ農家の庭の樹々が道の両側から張りだして、トンネル状に道を薄暗くしていたせいか、昔を忍ぶよすががなくもなかったが——。

市と言っても、近在の農家の人びとが日常生活の必需品を求める場で、物々交換のようなこともしていた小規模のものだったようだ。

幼い菜摘《なつみ》から見ての昔とは、どのぐらい以前のことになるのか、案外、そんなに遠い日々のことではないのかもしれない。

菜摘の家は榎《えのき》という地名のところに在り、からっ風の吹き抜ける通りに面していた。そして、隣接する東側の家を除いて、家をとりまくように数本の道が通っていた。南北に通ずる道を主体として、右手と左手に二本ずつ枝分かれするように。

門を出て、右手の一本は傾めに通っていて菜摘の家の菩提寺に通じ、もう一本は家の北側を直角に小学校へと通じていた。左手の一本は途中から小川に沿い隣町へ通じる裏道であり、もう一本は、家の南側を北側と同様に直角に巻いて、墓守りのお爺さんが住んでいる掘立小屋の前を通り、大通りを突っ切って関町という所へ通ずるもので関道と言った。

いずれの道も車が通るわけでもなく(尤も、車なんてどこにもなく誰も持っていなかったが)小さなものだった。

上宿と菩提寺へのV字の根の所に地蔵尊が建っていて、その裏手に大榎が植わっていたらしいところから榎という地名が付けられたのだろうか。地名といっても、菜摘の家の所番地がそうあったということで、近隣の家々がどうあったのかは分からない。と言うのも「榎の都築《つづき》さん、榎の都築さん」と呼ばれているうちに、それがそのまま住所名になってしまったような感じも否めないからである。

菜摘がものごころついた頃、むろん其処《そこ》に榎の大樹はなかった。父親か誰かに訊いてみるということもしなかった。訊いてみても確かな返答がかえってくるとも思えなかったのはなぜなのだろう。大人たちは、この地に暮らしているのが当然といったふうに、すべては昔からそうあったのだというふうに、何ということもなく過ごしているように見えたからだろうか。

五、六歳の菜摘にとっては、生まれた時からすべてはそうあったにしても、やはり、一つ一つに初めて接するかのように、眼を向け、確かめてみる対象はたくさんあったのである。

家の前の通りは、一体いつ頃できたものなのか。細い道ではあるが、相当昔から在ったにちがいない。私鉄が敷かれ、停車場が設けられたのはそんなに古いことではないだろうが、そこへ通じていたし、上宿に通じるこの道沿いには、樹木に覆われた村長さんの大きな屋敷も奥深く鎮まっていた。

また、この近辺でたった一軒在る店屋も、道を挟んで菜摘の家の斜向かいに開かれていたのだ。この店屋は、何でも売っているので万屋《よろずや》のようなものだが、かつては団子屋をしていたということだった。それが、醤油や味噌の古びた看板も掲げられ、むろん酒も置かれ、日用品のこまごまとしたものまで、また、空地には薪の束や大小様々な竹なども並べられるといったぐあいで、大方の物はとり揃えられるようになっていた。

菜摘は、少し大きくなると、よく走り使いに行かされた。現金を払うわけではなく、すべては付けだったから、幼い彼女でも事足りたのだ。付け帳があって、月末にか、あるいは年末にでも一括して払うようになっていたのだろう、品物をもらうだけでよかった。

父の使いで、計り売りの焼酎も買いに行かされた。日本酒では効き目が弱くて物足らなかったらしく、三十五度とか三十八度のものを二合、三合と、空き瓶を持っていって入れてもらうのだ。そんなとき、店の土間でコップ酒を飲んでまっ赤な顔をしている小父さんたちを見かけることもあった。へらへら意味もなく笑っている人、掌の甲で口を拭い真面目そうな顔をしている人、俯き加減に寂しそうにしている人と、その時その時でそれぞれだった。皆、お酒が好きで飲んでいるのだろうが、あまり楽しそうには見受けられなかった。そして、菜摘は、小父さんたちがお酒を買って帰って、なぜ家で飲まないのだろうかとも思った。

店の主人はとても元気かつ愛想の良い人で、早朝から、店の前を通る人たちに、「お早うございます」と大声で朗らかに挨拶をしていた。通行人といって大していないのだが、それでも駅の方へと出かけていく勤め人もちらほらとはいたのだ。

菜摘は木格子の門の敷居に腰かけて、通りを眺めていることが時折あった。藁の束や野菜を積んだ牛車を御する人やリヤカーを引いている人、馬に乗った人もたまには通った。しかし、ほとんどは黒々と聳《そび》え立っている樹々の枝ぶりを眺めたり、枝々を飛び交う小鳥の姿を追ったり、梢の隙間から覗く蒼い空や白い雲の様々な形を見つめていたりで過ごしていたのだ。そして、それにもあきると、パラパラと落ちてくるジンダンボウ（どんぐり）を掌に受けたり、地に落ちている木の実を拾い集めたりして所在なさを紛らわせていた。

やがては、道の中央に立って、体を二つに折り曲げ、両脚の間から、遠くすぼまっている白っぽい道の先を追い求めたりもした。脚の間から見える逆さの景色を、格別面白いと感じたわけではない。むしろ、吹き抜けていく埃っぽい風と相俟《ま》って、妙に殺風景な印象が強かったのだが、そうでもしなければいられないほど、どんよりとした空気の中に閉じこめられていたのだ。

つまらない独り遊び、無為な時間はふんだんにあった。いや、その連続で成り立っているような幼い日々だった。母も勤めに出ていたし、祖母やねえやはいたが、あまりかまってもらえなかった。尤も、菜摘は遊んで欲しいとも思わなかったのだが――。それより前に、甘えるということを知らなかったようだ。心を解き放ってワッと泣くとか、理不尽なことを言い募って周囲の者たちを困らせるとか……ということもなかった。と言うともの分かりのよい子のようだが、年端のいかない女の児にとってそうした状態は、逆に自然な子どもらしさを失わせているとも言えたのかもしれない。

周囲を柊の垣根に囲まれた自分の家内を、菜摘は、トゲトゲの葉の間から覗き見たりすることもあった。そんな時、大がいは、南の縁側に、背をこちらに向けて小さく坐っている祖母の静止した姿を認めるぐらいのものだったのだが——。

菜摘は所在なさにのみ、そんなことをしてみたのではない。家人の騒動——母方のこの祖母と父との険悪な間柄や、五歳上の兄の（長じて後、途方もなく逸れていってしまった人生の兆がすでにあらわれ出ていたのか）、父との葛藤やら——が垣根越しに他人の注意や好奇心をひきつけることもあったので、幼い彼女も、他人の眼になって渦中の人びとの様子をうかがってみようと思ったのでもあった。むろん、渦中の人たちの一員として、あの家内の片隅に参加しているもう一人の恥ずかし気な自分の姿をも見ていた。

ともあれ、菜摘はじっと静かにしているばかりの子ではなかった。反面、ひどく活発なところがあり、いや、活発というのではないかもしれないが、体を衝き動かされるようにして、野原や林の中を跳び回って遊び呆けることも時にはあったのだ。風に吹かれ風に身を委せ、走り歩きをし、勢いがつくと、どんなに険しい所でも難なく平気の平左《ざ》で跳び越えていけるような気にもなった。樹々や草々や地面やら、眼には見えない空気中のあらゆるものが自分と一体となったような、それは、いわば原始の感覚にも似たものだったろうか。

そして、一人でそんなふうにして過ごすのとは別に、心が通い合うとか気が合うとか、そういった友だちではないが、単なる遊びの相手もなくもなかったので、彼ら彼女らとも時には遊んだ。尤も、女の子は一人二人で、あとはほとんどが年上の男の子たち。鬼ごっこや隠れん坊の仲間に入れるようになると、男の子ばかりの中にでも入っていった。

近くに一面の芝生の広い原っぱがあり、タンポポやれんげ草、ペンペン草、猫じゃらしも生えていて、子どもたちは勝手に駆けずり回っていた。

芝の出荷の季節になると、芝刈りの小母さんたちが白手拭を姉さんかぶりにして、芝を矩《く》形に切り取り、積み重ねていった。十枚ぐらいずつ束ねられた芝の束が相当数になっても、芝生の面積が狭くなったとはまったく感じられなかったので、子どもたちの遊びに影響はほとんどなかった。ただ、その時期には少しの遠慮はあった。それでも、周囲に仕切りの綱がめぐらされているわけでもなし、自由は与えられっ放しだったのだ。

この広い遊び場に難があるとすれば、端の方にではあったが肥溜めがしつらえられていることだった。子どもたちは勢いあまって、あるいはうっかりしていて、その中へ片脚を突っ込んでしまったり、時にはズッポリと体ごと落ちてしまったりで大騒ぎになることもあった。落ちたからといって、肥溜めの管理がどうのと文句を言えるわけではなかったから、そういったことも含めての自由ではあったのだが。

菜摘は皆と遊んでいるうちに、丈高い草蔭に寝ころんで、そのまま仲間のことを忘れてしまうときもあった。一番年下ぐらいだったので、彼らにとってはいてもいなくても大したことではない存在だったのだろう、探しだされることもなかった。

菜摘は、仰向けになって蒼い空を眺めていると、遊び仲間のことだけではなく、父のことも母のことも、また祖母も兄も、赤ん坊の弟も、その他すべての人たちが遠い遠い存在に思えてくるのだった。この世にたった独りの自分がいる。なぜ、自分なのだろう。そして、なぜ、その自分という者がここにいるのだろう。どうして、遥かな外国という、よその国の、そのどの国かの人として生まれなかったのだろう、などと思いは幼い頭の中を次から次へと巡った。

深い深い蒼の中へ自ら入っていくような、あるいは空の一部分がふわりと降りてきて、自分の体を抱きかかえて連れていってくれるような感覚をも味わった。しかし、全身が麻痺したようになっていながらも、すっかり身を委ね、眠りに陥ってしまうほどには、気分がゆるやかにはなりきっていないようだった。神経のどこかが立っていて、心の手綱を握られていた。波の間に間に、そう、波まかせには生きていけないらしい彼女の人生が、すでに始まっていたのかもしれない。

「あら、可愛い児《こ》ねえ」

道を歩いていて、数人の女学生がこちらをふり返って言っているのを耳にしたことがある。菜摘は嬉しかっただろうか、それとも無関心だったろうか。どうとも判然としないが、どのみち、その心持ちには、言われるに相応しい可愛さを持ち合わせていなかったことは確かだったのだ。

夕陽が、〝まっ赤なトマトのよう〟とよく形容されているが、しかし、菜摘がその形容を知っていたかどうかは分からないのだが、その形容どおりの武蔵野の落日がふるふると沈んでいく頃、それが

夏場ならば、

「カエルガナクカラ　カーエロ！」

そして冬ならば、

「コーモリ、コーモリトンデコイ！　サムイトッテトンデコイ！」

などと子どもたちは口々に歌いだし、散りぢりに家路へと急ぐのだった。そして、橙色の灯のぼおっと点っている家内へと、一人消え、二人消えと吸い込まれていった。

陽の短い冬、菜摘にとっては、家に帰ることは楽しいものではなかった。始めから家内にいる時にはそれほど感じなかったが、外で遊んでいて家へ、というときには、冷たい、うそ寒い家の中を想像して足も鈍るのだった。火の気はあった。祖母がいたし、手伝いの女《ひと》がいるときもあったのだから。ただ、母がまだ帰宅していないことが、菜摘の心を凍らせるのだった。

門のところまできて、菜摘は大樹の黒々とした梢を見上げた。枝の間を、また薄暗くなった空をよぎるコーモリの姿を眼で追っていた。やがてその姿がかき消えても、彼女は門の敷居は跨《また》がず、そのまま足を小川の方へ向けていた。そして、弓なりに少し小高くなっている石橋の上に立って、両側を茶の木にせばまれた道の彼方を眼を凝《こ》らして見つめる。その視線の先に黒い人影が忽然と現われた時の、そしてそれが母と判明した時の嬉しさといったらなかった。

「お帰んなさーい！」

走りだしながら叫び、母の片手の荷物を奪う。その荷物はお土産の場合もあり、また、晩ご飯のお惣菜の場合もあった。

疲れきった母の蒼白い顔に気づかないわけではなかったが、家まで浮足立って後になり先になりして歩いた。

母の不在という飢餓感は、菜摘たち兄妹に常にあって（後には弟も加わって）、大分大きくなってからも、その思いは変わらなかったようだ。母が着替える間も待ちきれずに子どもたちは母と喋りたくて、いや祖母までもが同様の気持ちのようで、奪い合いのていだった。

「ちゃんと皆のこと聴いているわよ。十人の人のことばに一時に耳を傾けたという聖徳太子さまとまではいかないけれど……」

母は明るく言った。

実際、そのとおりで、決してうるさがるような様子を見せたことはなく、一人〳〵に等しく耳を傾けているのだが、その合い間にも、

「ちょっと、三分待ってね」

などと言いつつ襖の陰に横になり瞼を閉じるのだった。ほんとうに三分、せいぜい五分といったところだったが、その蒼白な顔を見つめていても、そっとしてあげなければ、という気持ちよりも、それを待ちきれない焦立たしさのほうが強いくらいだったのだ。

そのくせ、菜摘は、母に甘えるような態度はとれなかった。着替えのためにシュミーズ姿になった母の、皮膚の薄そうなふんわりとした肩や腿を見ていても、その体に自分を凭れかけさせたり、膝に触れたりさえしなかった。しなかったというよりできなかったのかもしれない。赤ん坊の時分を除い

て、つまり、自意識というものが芽生えて以来、そうした仕種《しぐさ》をした記憶は皆無だった。ただ、話すということ、最も身近にあって、自分を理解《わか》ってくれる一番の相手は、やはり母だったということである。これも、甘えたい気持ちの表われには違いなかったろうか。とにかく一対一で話すということ、そこには、たとえ兄弟でも入りこんで欲しくなかった。

ところが、他が入りこむより何より、日中不在の母の、夜から朝にかけての忙しさは相当のものだったから、菜摘の望んでいるようなぐあいにはなかなかいかない。夜に洗濯をし、朝には干してから出勤するというふうで、母自身、ろくに鏡の前に坐る時間もないありさまだった。元々、化粧など念入りにするような人ではなかったが、それにしても、その細面の中高な顔にはいつも赤味の差したことがなかった。

母の母である祖母がいても、母はなるべく用事を頼まないようにしていて、留守を守ってくれるだけで良しとしているふうだった。通いで来てもらっている小娘も、毎日ではなかったし、第一、子守りにすぎなかった。菜摘から手が離れると、こんどは赤ん坊の弟のための。

時には小川へ行って、手を切るような冷たい流れでおむつを洗っている、そんな母に、いかに幼い菜摘でも何が言えただろうか。彼女との時間を充分作ってくれない母に不満は抱いても、それを態度に出して拗《す》ねたりする理不尽さを分かっていたのだ。いつの間にか、幼い菜摘の母へ向かうべきものが、自身の裡へ裡へと向けられていたようでもあった。

菜摘の独り遊びには、絵本を見たり陽の当たる縁側でお人形さんごっこを延々と続けていたりもむろんあったが、家内にこもっての遊びのほかに、あちらこちらと出歩いていくのも独り遊びのうちに加えられたろうか。

道を挟んだ前の家の息子さんの結婚式がとり行われると知れば、家にいるよりは、やはり見に行くほうだった。胸のあたりまである高い上り框《かまち》のへりに立って、外から部屋の中でくりひろげられている宴を熱心に見ていた。

門というものがなく、通りに面してすぐに敷居を跨げば土間、そして障子一枚でもう寝起きしている畳部屋、といった狭い家の、在るきりの二間の部屋のあいだの襖を外した通し部屋で行われている儀式。

一人膳がずらりと並べ置かれ、その一つ一つの前に坐った近隣の人びと。その中には父か母か、あるいは祖母か、誰か一人は菜摘の家を代表して混じっているはずだった。しかし、彼女の視野には身内の顔は入ってこなかった。そのことがかえって、真ん前の家のことでありながら遠い別世界のことのように思われるのだった。

毎朝、水を入れたバケツを下げて現われ、ザブザブと音を立てて濯いだ雑巾を固く絞り、表の羽目板をキュッキュッと拭きこんでいる、いかにもきれい好きな、顔も体も大きな小母さんも、今では見知らぬ人のようにしか見えなかった。

〝タカサゴヤー　コノウラブネニ　ホヲアゲテェー……〟

どこかの小父さんが顔を鬼のように赤黒くして、変な抑揚で歌っている。唸っていると言ったらいいのか……菜摘は意味も分からないのだが、このおめでたい場に、その歌があまり似合っているとは感じられなかった。どことなく明るい感じがしないのだ。昼日中にもかかわらず、薄暗いような、神秘的な雰囲気を漂わせているようにも感じられた。

みな一様に黒い着物を着たり袴をはいたりで、花嫁だけが真っ白けの化粧の中に、口元ばかりが真っ赤に塗られているのが異様に見えた。

人びとの動きが影絵のように凝固地《ぎこち》なく、不自然だった。その印象は、人びとがご馳走を次々に口に運び、しゃべり、笑いさざめき始めても変わらなかった。

実際、框の所から首一つ出して見続けている菜摘にとっては、芝居を観ているようなものだったのだ。自分の背後に、他の子どもたちもいたのだろうが、彼らのことはまるきり頭になく、たった一人で、いつ果てるともしれない芝居の舞台に張りついていた。格別楽しかったわけでもないが、釘づけにされたかのように、その場から去ろうとはしなかったのだ。


結婚式よりも先に、菜摘にとって初めてのお葬式の体験があった。人の死に出会った最初は、父方の祖母が亡くなったときである。この祖母は、脳溢血で半身不随になり、長い間寝たきりになっていた。時間の観念がなくなっていて、

「昼はまだか――!」

などと、いま食べたばかりにもかかわらず叫びだしたり、また、団子のようにコロッとした便を、手でつまんで枕元に置いてしまったりもした。

「としちゃんや――」

「なっちゃんや――」

と、兄と菜摘の名を交互に呼んでいた。やはり孫可愛さからだったのだろうが、兄はほとんど近づかず、それどころか悪たれをついたりしていた。菜摘も臭くていやだなあと、幼ごころに避けたい気持ちもはたらいていたのだが、誰もいないときには仕方なかったのだろう、御厠《おかわ》をあてがう手助けをしたりした。

母は勤めから帰ると、時々、祖母を抱えて風呂に入れていた。痩せ細って小さいとは言え、ゆだねきってしまっている体を抱えたまま湯船に入れたり、髪までていねいに洗ってあげるのは容易なことではなかったようだ。しかし、

「ああ、気持ちいい、ありがとよ」

と眼を細める姑の顔を見れば、母はそうせずにはいられないらしかった。

渾身の力をこめている母の額からは汗が滲み出て、そのくせ、その顔には血の気がないのだった。そういう時、菜摘は傍にいても何の助けにもならなかったが、一方、そんな母を手伝っている父の姿を見たこともなかった。入浴の折にかぎらず、祖母の寝ついている部屋に入っていく父をみかけたこともなかった。

「のぶさんが一番いい」

祖母は実の息子である父よりも、しのぶという名の母をいつもそう称《よ》んでいるように、「のぶさん、のぶさん」と頼っていた。都会に出ていった父の兄、姉たちも、嫁である母の悪口を言う者は一人もなく、自分たちの親を母に託して安心しきっているふうだった。

「なっちゃん、起きなさい。お祖母さんが亡くなったのよ。死んでしまったの」

母が枕元でささやいた。

死ということばを耳にした瞬間の感覚は、どんなだったろうか。胸に銛《もり》を打ち込まれたような衝撃の一方で、ああ、お祖母さんはいなくなってしまったのだ、という悲しみとも異なる、妙に静かな気持ちだったように思う。

菜摘は、昨日まで祖母が寝ていた部屋へ行ってみた。いつものように祖母はいた。ただ、顔に白布を掛けられて。母は側にいなかった。白布をめくっていいものかと少しのためらいはあったが、菜摘の手はすでに動いていた。蒼いが艶やかな皮膚の、しかし静止した顔が現われた。落ち窪んだ眼は閉じられ、二度と開かないことを悟った。

翌日、人びとが出入りしているうちに、いつの間にか広間に祭壇が設けられた。棺に入れられた祖母は、高い壇上に祀られてしまった。

台所では、隣組みの小母さんたちが食器を並べたり、煮物を作ったりを思いのほか元気な挙措《きよそ》でやっていた。おしゃべりをしながら手を動かしている彼女たちは、一見楽しそうですらあった。

そのうち、親戚の人たちが次々とやってきて、あちこちで挨拶が交わされていた。そして、何か言わなければいけないかのように、

「なっちゃん、大きくなったわね」

などとお愛想を言ったりもした。

菜摘ははにかんで頷いていたものの、この人たちはどうしてこんなに呑気なふうにしていられるのだろう、平静な態度でいられるのだろうと不可解だった。何をどうせよというわけではないが、どこか菜摘の思っている雰囲気とは違っていた。少なくとも、自分へのお愛想などは、まったく不要なことと感じた。

菜摘は、どこに身を置いたらいいのか、何をしたらいいのかといったことは考えず、その辺をうろうろしていた。祭壇の裏側に回ってみた。すると、垂れ下がった白布の内に小さな体をすっぽり隠してしまえることを知った。しばらくそこにいて、木の板一枚を隔てただけの棺の中に横たわっている祖母をじっと感じとっていた。亡き人に話しかけるようなことはせず、ただただ息をひそめ、何かを掴み取ろうとしていたのだった。

そうかと思うと、庭に降りていって、垣根の端のほうから家全体を眺めやったりもした。曲がり廊下を奥の暗いところからやってきて、南に面した長廊下で行き交う人たちや、その向こうの広間の燈りの仄めく祭壇の前に坐っては合掌している人たちの姿。いずれも黒い塊ばかりで、いや、白いハンカチや白い衿元やらが妙に映えて、美しい沈黙の舞台を観ているようだった。

舞台といって、まだ、この時は芝居というものを観たことのない菜摘だったが、絵本か、あるいはお話で想像していたものに近かったのだろう。

祖母の亡くなった翌年、菜摘はお姉さんになった。つまり弟が生まれたのだ。すると、前から手伝いに来てくれていた母方の祖母が、以後、ずっと都築家に共に棲むことになったのである。

この祖母は、佐賀は鍋島藩下の小藩蓮池藩の御指南役だった人の孫だった。いつも身仕舞いをきちんとしていて、ことば遣いもていねいで、地元のだんべいことばを聞き慣れている菜摘の耳には殊に美しく聞こえた。

質素倹約と一言で括《くく》ってしまっては少し異なる感じだが、とにかく物を粗末にしない育ち方をしたのだろう、ことば遣いと同様にどんな物に対してもていねいな扱いをした。

菜摘に対する躾《しつけ》にも、そうした祖母のすべてが表われていて、厳しい言い方はしないが、一つ一つ注意された。ことば遣いはむろんのこと、食べ方、箸の使い方、歩き方、坐り方といくらでもあった。祖母自身、子どもの頃、横坐りをしていると父親から脚をピシリとやられたということだった。そんなわけで、たとえば、祖母が長廊下を歩くときには足音というものがなく、そうやって祖母は孫娘に身をもって行儀を教えていたのである。

菜摘は子どもながらに、あれこれ言われるのはいやだったが、一方で、共に在る時間が母よりも長かったからか、この祖母に親しみも抱くようになっていた。

幅広の廊下の隅に置かれたオルガンを、小柄な体に似合わず、意外にしっかりとした指で一本一本念を押すように弾いては、

「そおらにい　さえずる　とおりのこえ――」

などと高く可愛らしい声で歌っているおりの姿には、寂しそうな、何かしら訴えてくるような雰囲気が漂っていた。二人の幼子を残され若くして未亡人になり、しかも二人子のうち一人を死なせてしまい、菜摘の母である娘一人を育て、母娘二人っきりで生きてきた祖母の半生を、むろん菜摘は知る

由もなかったのだが――。

菜摘に初めて芝居というものを観る機会がやってきた。村芝居である。三月十五日の観音様の祭りの日、菩提寺の如意輪寺境内で上演されたのだ。村の青年団の男女が披露した「瞼の母」という劇には、青年団の中の美男美女が、それぞれ番場《ばんば》の忠太郎とその母の役を振りあてられていた。そしてその再会の場面は、物語りをよく知らない菜摘にも悲しく感じられ、胸の詰まる思いをさせられたのだった。

鐘楼の傍ら辺りにしつらえた舞台で、農作業の合間に練習を重ねてきた青年団の演じるこの芝居は、稚拙なものだったかもしれないが、その素朴さと熱演が、みんなの胸を熱くさせずにはおかなかったのだ。

それに引きかえ、もっと後になって、旅回りの小屋掛けで、木戸銭を取って見せる〝裸踊り〟などがやってきたが、少しもよくなかった。好奇心の強い菜摘が紛れこんで観てしまったその裸踊りの舞台は、美しさの片鱗もうかがえなかった。乳房をあらわにした若くもない女の人は、蒼黒く痩せた体をさらして、哀れとも下品ともつかない雰囲気を振りまいていた。こんな所に集まってくる人たちの気が知れなかった。なぜって、幼い菜摘がこの時思ったことは、お母さんの裸のほうがずうっとずうっと綺麗！　ということだったのだから。

〝蜘蛛《くも》女〟の見世物の大樽が置かれたことがあった。

「大蜘蛛と結婚した人間の女から生まれた可哀想な蜘蛛女！　見なけりゃ損だよ、もう、一生見られないよ」と呼び込む声。こちらのほうは、いくら菜摘でも、ほんとうにそんな生きものがいるはずがないと思いながらも、やはり、想像するだにグロテスクで恐ろしく、樽に近づけなかった。

兄とその友達たちに観音様に連れてきてもらっていた菜摘が、こうやってあちこち眺め回っていられたのは、一人で勝手にできたからで、つまり、兄たちとははぐれてしまっていたのだ。家から近いところだったので、兄も心配して探し回ったりしなかったのだろう。

両側からの杉木立で覆われた甃《いしだたみ》の長々と続く参道沿いに露店が並び、アセチレンガスのにおいが鼻をついてくるのを我慢して進むと、山門に着く。草をかぶった小さいが深い川に架かる橋の袂が、茅葺《かやぶき》屋根の山門で、そこを潜れば広い境内がひらけて、いっそうの賑わいを見せているのだった。

白い馬を混じえ着飾られた何頭もの馬が、お堂の周囲をぐるぐる回る（これが〝にゅうれんじの馬駈市〟とも言われる所以だったが）のを眼にした時には、菜摘は人混みに押されて、すでに一人にされていたのだ。兄たちが、どこをどう巡り歩いているのか、まったく気にしないわけではなかったが、独りで寂しいとも感じなかったので、そのままに放っておいた。

観音様へのお参りの日であり、お堂の裏手に広がる墓地のことは、人々の頭から忘れ去られているようだった。菜摘はといえば、自分の家の墓所のことが頭を掠め、思い出すまでもなく心に引っかかっていたのだ。お祖母さんが入っているところだったからかもしれない。まだ、遺体を焼くということはせず、どの家でも死者が出れば、墓処に穴を掘って棺ごと埋めるのが一般的なやり方だった。

お祖母さんが土の中に入れられたときは、死んでしまったのだからと思いながらも、菜摘はやはり衝撃を受けた。暗く冷たい土の中で、どんな気持ちでいるのだろう、息が苦しくはないのだろうかと、どうしても思いがそこへ行った。しかし、いつまでも埋められたときのままに在るのではなく、やがて棺は朽ち、体は土と化してしまうのだと教えられると、そのことばが菜摘の裡に深く沈潜し、理屈では解っても、なおさら複雑な思いに駆られるのだった。

墓地に行ってみようかしらという気が起こった。しかし、春秋の彼岸の折など墓掃除のために誰かしらについて行っていた、その時の墓地の様子とは、間もなく春彼岸を迎えるにもかかわらず、まったく異なるような気がして、足を鈍らせてもいたのだ。

菜摘のよく知っている墓地の雰囲気は、所々から、やはり掃除にきている人たちの話し声が密やかに聞こえてくる、静寂だがどこか楽しくもある、落着きと親しみを混じえたしっとりとしたものだった。周囲を雑木林に囲まれて、日向と日蔭の程合いがよく、そこに身を置くと、生者も死者も、その区別がつかなくなってしまいそうだった。それは、死者を死者として特別に意識しないで対せるということでもあったのだ。

ところが、観音様のときには、墓所はあまりに隔絶されていて、死者は、やはり死者としてしか現われてこない気がしていた。

彼岸のときだけでなくお盆にも墓掃除をした。お盆には死者を家へ迎えるので、墓参りはわりあい簡単になされていたが、しかし掃除のほうは、雑草の勢いが凄くて大童《おおわらわ》だった。ことにドクダミ（ジュウヤク）がびっしりと生え、その強いにおいにむせながら、そのうえ蚊に喰われながら、白い十字の花をつけたものも混じえて引き抜いていくのだった。

その仕事は時間もかかり、決して楽しいものではなかったが、山をなした雑草を捨て、墓石を洗い、水を撒き、きれいになった墓前に掌を合わせる、その心持ちは、子どもながらに澄んで浄く快いものだった。

「喉が渇いているでしょうから」

と言いつつ墓石に水を掛ける母方の祖母のことばに、菜摘はフーンと思った。こんなに固い石に水をあげて、それでどうして死んだ人がいやされるのかと不思議がるほどもう稚《いとけな》くはなかったのだろう、心のどこかで祖母の言う意味を解し頷いていた。

家の仏壇の前にゴザが敷かれ、仏さまのお膳には、里芋の大きな葉の上に初物のナス、キュウリ、トマト、トウモロコシ、まくわ瓜、西瓜などが供えられた。もちろん、美しい盆提灯も。灯が点されたときの幽玄な雰囲気は、菜摘を別世界へ誘ってくれるようだった。

まだ何かが揃っていない、そう、麻幹《おがら》（皮をはいだ麻の茎）が。ということで、菜摘はさっそく斜向かいの万屋へ買いに走らされた。この長い棒の束は、お盆の迎え火・送り火などに燃やすものだった。

お盆の入りの日の夕方、墓への道の途中まで死者を迎えに行った。門の前には、ナスやキュウリに割り箸を前後に二本ずつ四脚として刺したものを、死者に乗ってもらうための乗り物として置いた。そして盆明けには、夜中に、つまり、死者がなるべく長く家にいられるようにと遅い時刻になるまで待って、送り出すのだった。

広間にも玄関にも煌々と灯が点され、明るく照り輝くなかを死者たちが寂しがらずに戻っていけるようにとの優しい心配りがなされていた。菜摘はそこまでは思い至らなかったのだが、この日ばかりは夜遅くまで起きていても叱られず、しかも、昼間のように襖《ふすま》や引き戸が開け放たれているので、心が晴れやかに浮き立っていた。

道の途中まで、つまり、入りの日に迎えに行った所辺りまでくると、死者たちが乗っていけるようにナスやキュウリの乗り物を、道の端にそっと並べ置いた。菜摘は、ナスやキュウリの馬に乗っている死者の魂（そういうものを、むろんよくは分からなかったが）を何度も想像してみた。

死者――菜摘にとっては、父方の祖母以外には知らないわけだが、なぜか、もっと別の人たちをも、その野菜の乗り物の上に思い描いていたのだった。具体的に姿貌が浮かんだりするはずもなかったが。強いていえば、菜摘の家の南側の道を挟んで、こちらに背を向けて建っている家の〝お姉さん〟のあの蒼白い顔と、やるせないような姿も、馬に乗っている人たちの仲間に入れていたのかもしれない。

菜摘が密かに「お姉さん」と呼んでいたその女《ひと》の家は、鬱蒼《うつそう》とした樹木に埋もれ、押しひしゃがれるようにして、ひっそりと在った。菜摘は何やらうしろめたい気持ちを抱きながらも、時折、そおっと行ってみることがあった。家の者から、近づいてはいけないと言われた覚えはなかったが、近所の人たちの間では、暗黙のうちに近寄らないことになっていたようだ。お姉さんは胸を病んで床に臥していたから、傍を通るだけで伝染するというわけである。それで、子どもたちは鼻や口に掌を当てて、走って通り過ぎるといったあからさまな態度をとっていた。

お姉さんと言っても、そんなに若い女ではなかったことも、安心感を抱かせる理由の一つだったかもしれない。

菜摘が縁側の前に立つと、お姉さんは、奥の障子の陰から細面の蒼白い顔をすっと彼女のほうへ向けて、

「ナツミさん」

と幽かに囁くような弱々しい声でことばをかけてくれた。

菜摘は、自分の名前を「ナッちゃん」ではなく、最後まできちんと、しかも、さん付けで呼んでくれるのが嬉しくもあった。こちらから何か話すということはほとんどなかったが、受け応えだけはしっかりとした。

大人たちが、不治の病いと言っているのを耳にしたが、一生治らないということが幼い心には衝撃だった。そんな恐ろしい病気を抱えこんでしまった人の寂し気な面持ちに、子どもっぽく抗うよりは、強く惹きつけられた。薄幸ということばを知りはしなかったが、どうにもならないものを背負ってしまう悲しい人がいるものなのだということが、胸の裡に重く畳みこまれた。

お姉さんは、やがて比較的近い所にある肺結核専門の療養所へ連れていかれてしまった。そこへ入った者は、二度と出ることはないのだと言われていた。事実、お姉さんは弱い木洩れ陽の差す、平たく暗い家に戻ってくることはなかったのである。

このお姉さん以外にも、ナスやキュウリに乗った死者はまだいた。もっと昔、小川で溺死したと聞かされていた父の妹のあどけない姿も。あんなに小さい川で溺れるなんて、そんなことがあるのだろうかと思われるほど、菜摘たちにも馴れ親しんだ川だった。しかし、場所によっては案外深いし、昔ならば、もっと流れも急だったかもしれないが――。

裾の短い赤い着物に三尺帯をしめた、お河童頭の女の児の姿が、菜摘の眼前にちらつくことがあった。そして、その女の児がいつしか菜摘と重なって、彼女自身が川に落ちてもがいているような気分に陥ることもあった。

実際、菜摘は浴衣に赤と黄色のかのこ絞りの三尺をしめてもらって、小川の縁をおぼつかなげに歩いていることがあった。それは、兄と一緒の、夏の夕宵の蛍狩りの時である。

土手に生い繁る草々は丈が高く、そのうえ露を帯びていて、それをかき分けていく足元や浴衣の裾はぐっしょり濡れた。ポッと光ってはスッと消えるその明滅するものを捉えようと必死になるのだが、柄《え》の長い網でも届かない。もう少しと無理をして、足元の土が崩れ、黒い流れにひきずり込まれそうになった。菜摘は草の間から覗きこみ、昼間見るのとはまったくちがっている川の様相に恐怖を覚えて、思わずあとずさりしていた。

「ホーホー、ホータル来い！　あっちの水は苦いぞ、こっちの水は甘いぞ」

もっぱら口ずさんでいるより他になかった。

兄の提げている籠の中には、幻想的な光を放つ何匹もの蛍が捉えられていた。菜摘はそれで満足せざるを得なかった。

家に帰り、カヤの中に放ち、電気を消して、兄妹は蛍と遊び興じた。しかし、朝になって虫籠に戻されている蛍をよく見るに、ただの黒い虫にすぎないではないか。

菜摘は、昨夜のあの暗闇の中であっちにピカッ、こっちにピカッと点いたり消えたりしていた、美しく夢のような世界が、この虫たちによってくりひろげられたことが、どうしても信じられなかった。そのくせ、宵になると、また蛍狩りに行きたくなるのだった。蛍を捕るというよりは、草の匂いのする暗い川辺に仄明りするその風情に惹かれていたのかもしれない。

闇の中の黒い流れは恐かったが、菜摘はもともと、水そのものが好きだった。海からは遠い土地、むろん湖も大河も在るわけでなく、唯一、この小川がその水と接せられる所だったのだ。石橋の架かっている辺りではなく、流れが少し曲折している浅瀬に裸足で入って田螺《たにし》をとったり、芹を摘んでは洗うために浸した手を、あまりの快さにいつまでもゆらゆらと遊ばせたりしていた。

水と言えば、川の他に井戸があった。隣の家のように釣瓶《つるべ》で汲みあげるものではなかったが、それでも、ガチャガチャとポンプを漕ぐと、蛇口からシャーシャーとたっぷりの水が湧き出る。するともうそれだけで嬉しくなってしまうのだった。そこに掌を当てていると、冷たく浄らかなものが体の芯まで染みこんでいくようで、鋭く研ぎ澄まされた思いになった。心の底から衝きあげてくる愉悦を感じるのだ。それは、冷たい水をはった桶に西瓜などがつかっているのを見た時の、無邪気な嬉しさとはまったく別のものだった。

小川や井戸の水のほかに、たった一か所、〝マツバ〟と呼ばれている水溜りほどの沼のような凹みがあるにはあった。しかし、そこは寺の横手にあたる畑の中の湿地で、周囲がドロドロして、そのうえ蛇が出るなどと聞いてもいたし、水好きの菜摘もさすがに近づかず遠巻きに眺めていただけだった。兄を含めて男の児たちは、そこで平気で泳いだりしていたが――。

このマツバを抜けて北へ進み、上宿へと通じている道をつっ切ると尉殿《じょうどの》神社が在った。参道の両側に大樹が鬱蒼と繁っているのはお寺と同様だったが、やはり雰囲気が異なっていた。お寺よりも簡素な、というより何もない感じだった。金箔をほどこしたりの派手な光りものは見当たらず、木造の小さなお堂と、御輿や大太鼓をしまっておく小屋と、神主さんの棲家だけのさびさびとした所だった。

子どもたちの興味をひくものと言えば、あとうんの口をした狛犬さんが、どっしりと石柱の上に構えていることとぐらいだった。ただ、学校の生徒たちが先生に引率されて、長い列をなして参拝する先がこの神社だった。例によって、菜摘は家の門の敷居に腰を下ろし、その列の中に兄の姿を見つけようと眼をこらす一方で、なぜ、あの寂しい神社にこんなにも大勢で参るのかと不思議に思っていた。

後になって、神社にも華やかな賑わいを見せるときが訪れた。それは、境内で催される盆踊りの夜々である。この地に、こんなにたくさんの人が棲みついていたのかと思わせるくらい、大勢の人が集い寄ってきた。

仄明るむ提灯をめぐらせた櫓《やぐら》の上で、威勢よく叩かれる太鼓の音と、張りあげる歌声に合わせて、浴衣がけの青年男女、また老いた人や子どもたちが入り乱れて踊りに踊った。その熱気は、境内をとり囲んでいる高い樹木の枝々をぬって、夜空に立ち昇っていた。

神社は観音様の時とはちがって、遠くもあり、そのうえ夜でもありで、菜摘が行くのは無理のはずだが、しかし、誰かに連れてきてもらっていたことは確かで、それが兄たちだったのか、また近所の人たちだったのか判然としない。この時も、独りで踊りの輪の中に入って、見よう見真似で一心に手足を動かし、小首をかしげて科《しな》をつくっていた。

そうかと思うと、輪から外れて、また、立って見ている人混みからも抜け出て、太いケヤキの根方に寄りかかり、狭い夜空に天の川を探したりした。暗がりに男の人と女の人の忍び声を聞いて、体を固くしたりもした。そして、すぐ傍らの、明りに照らし出された人びとの踊る様を、遠い世界で繰りひろげられていることのように眺めていたりもしたのだった。

何もない、だだっ広く平坦な土地柄だったが、この神社と、それにお寺が、菜摘の家の菩提寺以外にも二つあり、それらが単調さに変化を与え、アクセントをつけていた。つまり、菜摘の幼い心にも陰翳をもたらし、何かしら引っかかるものを植えつけていたのがそれらだったということだろうか。

月日を経るにしたがって、菜摘の裡で、少しずつ少しずつ、つまらなさを感じる度合いが強くなっていっていた。その一因は、たとえば、自分を惹きつけるような友だちもいなかったし、本屋さん一軒なかったということなどにもよろう。しかし、環境や風土に対するというよりは、もっと別の、何か漠然としたものへの希求が芽生えていたのかもしれなかった。

お手伝いさんは若い娘だったが、近所から通いで来ていたので、そして、よく休みもしたので、いつも一緒にいるわけではなかった。それに、少し知恵の足りないところがあって、菜摘に何かを教えてくれるということもなかった。何も教えてくれなくても、親しみが持てればそれでよかったのだろうが、その大きな肥った体にくっついて慕って歩くなどということも皆無だったのだ。

ある日の昼間、その娘の母親がやってきて、家の間取りの都合でできた狭い凹地に娘を連れていった。そして、湿った地面に押し倒した娘の体の上に馬乗りになった母親は、娘の髪をぐいぐい引っぱり、頭と言わず顔と言わず滅茶苦茶に殴りつけた。下敷きになっている娘は手足をバタバタとさせ、めそめそとではなく、ギャアギャア大声で泣き喚いていた。どんな悪いことをしたというのだろうか。

菜摘は一部始終を見ていたわけではなかったが、その光景を、板戸の隙間から眼にした時は、恐ろしさを感じると同時に、何やら悲しい気持ちになった。それは、殴られている娘を可哀想と思ったからでもなく、また、馬乗りになり半狂乱になって叱り続けている母親を酷いと思ったからでもなく、どうしようもない、そう、そうするより他に術《すべ》のないらしい母娘の姿を感じとったからなのかもしれなかった。

この事件のあった前だったか後だったか判然としないのだが、

「なっちゃん、来てごらん」

とこのお手伝いさんが突然言って、菜摘の手を強く引っぱったことがあった。彼女がご不浄へ行こうとしている際に、一緒に入るよう命令されたのだ。

「いまは、いい」

尿意を催さない菜摘の拒否にもかかわらず強引だった。

「ね、ここ、見てごらん！」

娘は、便器にしゃがみこんだ姿勢で、自分の陰部を指さした。菜摘は泣きだしそうになりながら、眼前のお手伝いさんの印象にふさわしいような、その醜い部分にちらと眼をやった。それは淫靡《いんび》でさえなく、むろん興味を抱かせるものでもなかった。

それくらいなら、菜摘は、そんなものを見せられなくても、話を聞いただけですでに充分衝撃を受けていたことがあったのだ。それは、近所の女の児と二人でいた時に、年長の女の子が偶然来合わせて、ひそひそと、また得意気に話してくれたことに因《よ》った。赤ん坊がどこから生まれるかということ、それを耳した折の菜摘の驚きは、それまでにないものだった。

思いもよらないことだったので、到底信じられなかった。しかし、信じ難いからといって、誰か、祖母か母にでも確かめてみるという気はまったく起きなかった。口にするには、無邪気さを通り過ぎてしまっていたのだろう。

間もなく、お手伝いの娘は、菜摘の家に通ってこなくなった。

「夫婦になってもいないのに腹ぼてになっちまって！」

と噂する大人たちの囁きが、菜摘の耳にまでとびこんできたのだった。

家の前の通りを、相変わらずのからっ風が吹き抜けていっていた。そして、付近の欅や樫の大樹も変わりなくすっくと立ち尽くしていた。

庭のぐみの木も変わらず赤い実をたくさんつけた。その青くさく仄甘い粒を次々と採っては口に放りこむことも菜摘は止めはしなかった。

お地蔵様も健在だった。ただ、菜摘はよくそのお顔を見たこともなかった気がしていた。そして、落着いてじっくり見てみれば、恐い鬼のような顔をしているのが思いのほかのことであった。その名も〝榎青面金剛尊〟というれっきとした名称がつけられていて、江戸時代から庚申信仰の主尊ということだった。そのうえ、

〝オンデイバヤキシヤ　バンダバンダ
　カカカカソワカ…〟

そう言って拝むらしいことも知ったのだった。

折木先生

1

「あ、先生！」

藤枝は、入口あたりに折木の姿を見かけると、一瞬、う、と裡を掠める一種名状しがたい気持ちを覚えた。しかし、その気持ちをよく吟味する前に、すでに彼に向けて一歩を踏み出していた。

「よくいらしてくださいました」

「ああ、山野さん、こんにちは。今日はおめでとう……」

折木は聞きとれないくらい低く、空気の抜けたような言いかたをした。別に心がこもっていないというわけではなく、それが折木のいつものことばづかいだったのだ。

「ありがとうございます」

藤枝はひどくのぼせていた。初めての留袖に、がんじがらめになっていたせいばかりではなかった。控え室にいた一同の視線が折木に注がれていたからである。しかし彼は、そんなことにはまったく頓着せず、

「華子ちゃんは？」

と穏やかにきいた。

「はい、仕度がまだ……間もなく参ると思います」

「ああ、そうでした。そうでした」

「どうぞ、こちらにお坐りになって」


「藤枝さん、ちょっと！」

彼女でなければ分からない用事ができたらしく、身内の者が呼んだ。

「先生、すみません、お待ちくださいい」

折木は何か言いたそうだったが、指し示された壁に沿って並べられた椅子の一つに、ふわりと腰を下ろした。体重といったものを感じさせないくらいの痩身とその挙措《きょそ》なのである。

「あの人、どなた？」

用事の合間に従妹が訊《き》いた。

「あら、知らなかったの。華子のピアノの先生よ」

「え、あの人が……」

「もっとも、いまはもう習っていないけれど。高校に入る直前まで、ずっとね」

「そうだったの」

従妹は信じられないといったふうをした。

藤枝は、こうして少し離れた所から折木の様子をそっと伺ってみると、従妹の反応も頷ける気がした。彼は、こうした折の礼服を身に着けてはいなかった。その服は黒っぽくさえなかった。当世風に上下色違いにし、洒落《しゃれ》た装いを意図するということもある。しかし、それともかけ離れた妙に季節外れの感のある淡い色の上衣と、材質の異なるズボン。目立ちたくないはずの彼をして、そのチグハグさが、かえって目立たせてしまっているといったところだった。

ただ、足元ばかりは、いつものズック靴ではなく、磨かれてはいないし、潰れかかってもいたが黒い革靴ではあった。

そんな折木は、ままならぬ人々の視線を集めずにはおかなかったのだが、そのことに気づいているのかいないのか、和やかな表情を絶やさないでいる。と言って、寛いでいるといったふうでもなさそうだ。

藤枝は、華子のたっての希望で招待したのだ。知り合いのいない彼を独りにしておくのが気の毒な気がしたが、他の人への挨拶やら何やらでせわしなく、それきりになった。

折木の隣りの椅子にドサッと乱暴に腰を下ろした男がいた。その勢いに、痩せている折木は、一寸ばかり弾ねあがったくらいだ。彼は別にちぢこまっていたわけではないが、重みを失った枯木のように見えた。

「やあ、失礼！　暑いですなあ」

男はハンカチを取りだして、その大顔をクルリと拭った。

「そうですか」

折木はまったく暑さを感じていなかったのだ。

「――君《くん》の？」

男は訊いた。花婿のほうの親類のようだ。

「いえ、華子ちゃんの……」

折木は、自分がまちがった所に座っているのではと腰を浮かせかかった。

「あなた、こっちの席は違うのよ」

男の向こう側の椅子の和服の女が甲高い声をあげた。妻のようだ。

「いいじゃないか。これっきりの人だ、どこだって同じだよ。そうですよねえ」

男は折木を見てニコッとした。

「でも……」

妻はまだぐずぐず言っている。そして「あ」と小さく声をあげると、知り合いを見つけたらしく「あなた」と男を促しつつ、そちらへ立っていった。

「まったく！」

男は一向に腰を上げようとはせず、折木に何かと話しかけてきた。彼の服装など目にも留めていないふうだ。

折木は、一見恥ずかしそうにしていながら、その見かけとは異なって、たったいま初めて出会った人とでも、心置きなく話ができるのだった。といって、自分のほうからあれこれと言うわけではなく、在るがままの平素の彼がそこにはいた。

白無垢《むく》ではなく、深紅の花嫁衣裳に包まれた壇上（といっても、皆との段差を嫌って、低いのだが）の華子は、可憐だった。結婚するには少し早過ぎるくらい、まだ幼さを引きずっていた。

〈どうして、結婚などという運びに到ってしまったのだろう〉

藤枝は、一番端の席に座って、あれこれと気を配りつつも、ボーっとした頭の片隅ではそんなことを考えていた。

双方の親類縁者同士が、卓を挟んで向かい合うようにしつらえられた縦二列、それが二組、それだけのささやかな会場だった。

藤枝の斜め前方に折木が横顔を見せていた。やや猫背の彼は、躰ごと前にのめるように腰かけていた。

祝辞の続いている間、ほとんどの人は食べものには手をつけず、話し手のほうへ全身を向けているか、あるいは聴き入っているのかどうかは分からないが、うつむき加減に神妙にしていた。

そんな雰囲気のなかで、折木は、卓に顔をつけるようにして、料理を美味そうに盛んに口に運んでいた。

藤枝は、はっとした。

「甘いものや肉類は食べないようにしているんです」

彼がかつてそう言っていたのを、この期《ご》に及んで気づかされたのだった。

〈でも、食べてらっしゃる。それも、誰よりも一生懸命に〉

藤枝の視線に気づいたのか、折木はひょいと頭を上げるとこちらを見た。そして、ニッと恥ずかしそうにした。

〈ああ、かまわないのだ。今日だけは御法度《ごはっと》を解いておくことにしたのだろう、教え子の華子のため

に〉

そう藤枝は解釈してほっとした。

挙式とはいっても、何も彼もを若い二人で決めてしまい、親はそこへ出席するだけといった具合だったので、招かれた客たちと立場はさして変わらないようだった。そのせいか、藤枝は気は張っていながらも、いくらかは余裕があったのだろう、心して拝聴しなければいけない祝辞を遠く耳にしながらも、様々な事柄が脳裡を巡って止まないのだった。

2

「お母さん、わたし、ピアノを習いたい」

幼稚園児の華子のほうから言いだしたのだったか、あるいは藤枝が「ピアノを習ったら」とすすめたのだったか。

藤枝の母親譲りの古いピアノが家に在ったので、習うのが自然のなりゆきだったのだろう。

核家族の棲む狭い家に不似合に、そのピアノだけが重厚に場所を占めていた。

〝ピアノ　教えます〟

畑中に、五、六軒の一戸建ての平屋が並んでいた。その一軒の、門のない剝《む》きだしの格子戸の玄関の側に、紙が貼られてあった。

藤枝は、家から大分離れたその辺りを自転車で通りかかったのだったが、偶然に見出した貼紙とその家の様子に訝しくも思ったのだが、すでに声をかけていた。

ひどく痩せた男の人が、音もなくすっと姿を現わした。まだ若いようでもあり、いや、そうとも言えないような感じでもあった。ヒョロリとしていても、若い人には、特有の張りと青い清潔感と挙措が在る。それらが、その人にも幸うじて名残りを留めていたろうか。しかし、見ようによっては、むしろ年寄りっぽくもあった。


「どうぞ、上ってください」

玄関を入ってすぐの部屋には、ピアノ、オルガン、マリンバ、その他フルートやらも含めて楽器と楽譜で埋められていた。

その奥にもう一部屋在るようだが、あとは台所が付いているだけの簡素な造りだ。

「ごらんのとおり、いっぱいで。それに、大家さんに駄目と言われていますから、ここでは教えていないんです」

「それでは、何処で」ときく前に、藤枝の住所を訊かれた。

「それなら、僕が行きますよ」

と彼はあっさり言った。

「お宅の近くの家にも出稽古をしていますから」

ちょうどいいというのだ。

話が決まると、その人は（もうピアノの先生と言っていいだろう）、藤枝を送りだすために共に玄関を出た。

家の南側に、庭とも言えないくらい狭い土の場があって、種々の草花が植えられていた。

「まあ、きれい！」

「みんな、その辺の野っ原や雑木林から採ってきたものですよ。もらったものもありますが」

「よく丹精して」

「ええ、ヒョロヒョロのものや枯れかかったものでも、こうやって、ていねいに植えつけてやりますと、どうやら根づいて、そのうちには、ちゃんと咲いてくれるんですよ」

藤枝は自分の家の庭をちらと思い浮かべた。やはり庭と呼べるようなものではなかったが、ここよりは少しは広い。しかし、花など育つような土壌ではないと決めつけて、花は鉢ものばかり。もっとも柘榴《ざくろ》と夏みかんの樹だけは、華子が赤ん坊の頃に、細い苗木を植えたのが、見るみる大きくなって、小径に枝をつき出し、通る人の邪魔になるのではと、しょっちゅう気にするほどに成長してしまった。

一方は、はっとするほど可憐な赤い花を咲かせ、やがて、絵をものする人ならば惹かれずにはいられないような美しい色合いと形の実となり、片や、甘い香りを辺り一面に漂わせる白い清楚な小花から、黄金色の大きな実を鈴なりにつけてくれるのだった。もうそれだけで土地はいっぱい、気分も充足させられてしまったといったところだったろうか。

先生はつとしゃがんで、ピアノを弾くその繊細な指先を土に触れた。けれど、ふしぎなことに、目の前の白い指は少しも汚れないのだった。

早速、先生（折木といった）は出稽古に現われた。しわの寄った上衣とシュワシュワの衿のYシャツに、よれっとしたズボン姿で。はきつぶした靴は変形し、今や靴の役割を果たしているのかどうか危ぶまれた。

応接間といって特別なく、居間を兼ねたせせこましい部屋にピアノが置いてあるので、平素から、窓でも開けなければ息苦しくなるほどの空間なのだ。しかし、ピアノを弾く時は、隣り近所を気づかって、その窓も開け放てない。

「こんな所で……」

言いかけた藤枝のことばを折るといった意識は、折木にまったくないようだったが、

「さあ、華子ちゃん、始めましょう」

とすましてピアノの前に坐った。

華子は人見知りをしないほうで、言われたとおりピアノに近づいた。

あとは、藤枝はドアを閉めて台所のほうへ行くより他になかった。

居間の続きに、あとから継ぎ足した変形の三畳ほどの板間があるにはあったが、そこへ入ってしまっては、出るに出られなくなってしまうのだ。まあ、これまでも藤枝は、台所の卓で何でもしてきていたから、そこの自分の定位置に身を置けば、何の不自由もないのではあったが。

ポロンポロンと鍵盤を叩く音と共に、ボソボソ話し声も聞こえるが、彼女は気にならず卓上での自分の仕事ができた。流しの洗いものなどは避けているところをみれば、やはり物音をなるべく立てないよう心しているのではあった。


〝タラタラタラ……〟よく耳にするこのピアノの音は、稽古の終了を示していた。

藤枝は慌てて椅子をずらせた。

「お母さん、終わった！」

華子が声をかけた。

「はい、いま、お茶を」

お絞りと茶菓をのせた盆を運んでいった。

「ああ、僕、甘いもの食べませんから」

「あ、お嫌いで？」

「歯に悪いですから」

「それはそうですね」

「お茶だけいただきます」

常日頃、藤枝は華子に「歯をよく磨いて！」と注意こそすれ、「甘いものを食べてはいけません」と言ったことはない。

華子は、母親と折木先生のやりとりを神妙な表情できいていた。

この日から週一度、折木は欠かすことなく来宅した。

彼のピアノの技術（？）は藤枝には感覚でしか解らない。激しくはない、ということは、穏やかな、ということともかぎらないが、いずれにもせよ、美しい音を出す人と感じとった。

彼自身が、小曲にしろ、まとまった一つの曲を弾いたりしたわけではないが、手本として華子に教える一音くの、その指のタッチが柔らかく、しかも凛として聴こえるのだ。


「これ、少しいただいてもいいでしょうか」

折木は、帰りがけに、庭の片隅に群生していた十薬《じゅうやく》を指した。ちょうど白い花をたくさんつけている時季だった。

藤枝はむろん、咲いているのに気づいてはいたが、朝夕にそれらを眼にしているだけだった。

「お茶にするんですよ、ドクダミ茶」

「ああ」

「特に、花の盛りの時のがいいんです」

「においが強いでしょ、どうやってお茶に？」

「根ごと干しておいて、ただ、それを煎じるだけなんですよ。体にいいんです、いろいろと」

「それで十《じゅう》の薬《くすり》って書くのかしら」

藤枝は、ドクダミと言うよりジュウヤクと子どもの頃から呼んできていたが、その意味を今頃になって知ったようだ。

折木は遠慮がちに、そのことばどおり少量を抜いて、

「においは消えてしまって、かえって甘い味になるくらいなんですよ」

とつけ加えた。


「華ちゃん、折木先生、どう？」

何回目かの稽古が過ぎた頃、藤枝はきいてみた。

「わかんない。でも、おもしろいよ。あのね、先生、耳の孔におネギを突っこんでるの」

「え、葱を！　ほんと？」

「お母さん、知らなかった？」

「ええ、気がつかなかったわ」

「フーン、こんど、よく見ていてね」

〈葱ときいただけで、鼻先にそのにおいが漂ってきてしまうではないか。音楽を奏でる部屋に、あのにおいはふさわしくないな。それに、なぜ葱なんて……〉

藤枝は、華子がイヤホーンか何かとまちがえたのではないかと思った。それでも、翌週、彼女は、折木の耳元に気をつけていたが、短く刈った髪の下には、意外に大きな耳が鎮座しているだけだった。

そして、その話をすっかり忘れてしまった頃のある日、彼の耳には、ほんとうに、ぶつ切りの葱が押しこまれていたのだった。

藤枝は衝きあげてくるおかしさを、表情に出さないようにするのが精いっぱいで、なぜ、などとはきけなかった。

「あのおネギね、風邪を引いたとき、ああいうふうにするといいんだって」

折木の帰った後、華子がそう告げたからには、彼女は、無邪気にその理由をたずねたのだろう。

「ああ、そうだったの」

藤枝には初耳だったが、おかしくはあっても、そんな馬鹿な、という思いはまったく湧いてこず、むしろ、道理と受けとれた。ただ、どんなに風邪に苦しめられても、真似てみようとはゆめにも思わなかったが。


折木は漢方のことに詳しいようだった。細い躰だが、案外芯が強そうなのは、そのせいもあるのかもしれなかった。それにひきかえ、藤枝はあまり丈夫なほうではないにもかかわらず、目下のところは何の手立ても施していなかった。華子もまた、こちらは幼く、まだ躰が定まっていないこともあろうが、時折病気をした。

ある時、折木は『病気別食事療法』という本を持ってきてくれた。「これを」と言っただけで、特に説明も、むろん押しつけもなく、役に立てばというごく自然な気持ちからだったのだろう。〝薬よりも食べ物〟というわけで、昔は一般人もある程度〝食事療法〟というものをわきまえていたのだが、現代は医学が発達して、人の体本来の経験からくる療法が失われつつある、というのだった。

藤枝は本の頁を繰《く》ったりしているうちに、ほんの少しではあるが、漢方とか自然の治癒の仕方に興味を抱くようになった。

「これ、明日葉ですよ」

「あしたば？」

「採っても採っても、また次の日には葉が生えてくるから、そう呼ぶんですよ」

「まあ、そのとおりの名なんですねえ。こんな所に突然ニョキニョキ生えてきたんです」

「要らなければ、いただいていいですか」

「どうぞ。何になさるんですか」

「天ぷらに。ついでに雪の下も少しいいですか」

藤枝も雪の下が天ぷらにできるのは知っていた。しかし、やってみたことはまだなかった。

折木は「ありがとう」と顔をほころばせて、袋に入れたそれらを自転車の荷台に乗せて、楽し気に帰っていった。

3

華子がピアノを習い始めてから一年が経とうとしていた頃、ピアノの発表会が催されることになった。折木は乗り気ではないらしかったが、父母たちの要望もあって、二年に一度ぐらいの割合で開かれているようだ。それも、他の先生方のピアノ教室との合同でである。

藤枝と華子は、打合わせのために、折木が教えているピアノ教室へ初めて足を運ぶことになった。そこは彼の妹の家で、元々は今は亡き両親が住んでいたということだった。

折木は、外階段から出入りできる、その一室を借りるかたちになっていて、生徒は小人数だった。

「お母さんが入院なさっていた頃は、先生は毎日のように病院へ足を運んで、とっても孝行なさっていらしたんですよ」

何年間もこの教室に子どもを通わせているという母親が、藤枝に話してくれた。

「独身でいらっしゃるから、お母さんは心配してらしたんでしょう。妹さん一家が住むようになっていても、ここだけはずっと先生が使えるようにして亡くなられたようですよ」

その主婦は、折木のことに相当詳しい様子だった。

「結婚はなさらない？」

「いいえ、実は内緒ですけど、先生は一度結婚されたことがあるんですよ」

「……」

「半年ぐらいで別れてしまった。ピアノの教え子の一人の、積極的な女《ひと》で、押しかけらしいですよ」

どうして、すぐに別れることになったのか、理由はむろん分からない。しかし、藤枝はなぜか頷ける気がした。折木には結婚生活というのが、どうも似つかわしくないような……たとえば、夜、家で新妻が待っているとする、そこへ彼が急いで帰ってくる、そして、穏やかな会話が交わされる。……

そこらまでは何とか思い浮かぶ。しかし、そこからさきが想像つかない。夫と妻、男と女の生活《たつき》、それより前に誰かとの共棲そのもののイメージが、どんな形にせよ展《ひろ》がってこないのだ。

「もったいないですよね、こんなところで教えているなんて！」

「……？」

「いえね、わたしどもはいいんですよ、いい先生に教えてもらえるんですから。でもね、先生は交響楽団からもお誘いがあったのを、断わってしまったって、亡くなったお母さんからお聞きしたことがあるんです。もっとも、打楽器の出身ですから、そちらのほうでしょうけど」

そういえば、藤枝は、折木がどこの音楽学校の何科出身なのかなど、何もきかずに、これまできていたのだ。マリンバも教えているのだったと今更に気づかされた。しかし、

〈あんなに美しいピアノの音を出すのだもの、彼がどこの出身でどういう経歴の人であろうと、まったく構わないではないか〉

と思う。その音は、深く心に沁みとおってくるのだが、決して重くはなく、まして、技術にはしるなどということとは、およそかけ離れていて、ひたすら美しいのである。

華子にとって初めての、大勢の聴衆の前でのピアノ演奏が無事すんで、再び、いつもどおりの稽古の日々がかえってきた。

居間のドアの向こうから、話し声が時折聞こえてくる。ボソボソとソフトな声に、明るい笑い声も混じって、折木と華子の二人の和やかな雰囲気が、台所にそっといる藤枝にもうかがえるのだった。

華子はそれほど熱心でもないかわりに、辞めたいとも言わず、子どもにしては淡々とピアノに向かっているふうだった。そのことは、彼女の本来の性格からきているのか、あるいは、折木の、厳格ではないが、甘やかすのでもないやり方の影響を受けているのか、判然とはしなかったが。

「先生っておもしろいよ。ピアノを弾くときこうやって、アゴを前のほうへつん出して、口をヘコヘコって動かすの。わたし、それ見ると笑いそうになっちゃう」

華子はそう言って、真似をしてみせた。

彼女はすでに小学生になっていて、観察眼も鋭く、なかなか辛辣《しんらつ》なことも言い放つようになっていたのだ。

「そんなこと、言うもんじゃないわ」

藤枝は諌《いさ》めつつも、かいまみた演奏中の折木の表情やらくせを思い浮かべて、やはり、こそばゆいような可笑《おか》しさがジワーっと湧いてきてしまうのだった。

門の前で自転車の止まる音がした。

「あ、先生！」

華子が声をあげた。

ところが、いつまでたっても、いつものように玄関のドアが開けられない。不審に思って、藤枝が内から押し開けようとすると、

「あ、ちょっと待ってください。カマキリが……」

折木の静かな応答があった。

「時々いるんですよ、大きいのですか？」

藤枝がきいた。

「ええ、とっても大きいです。いま、移動していますから、少し、ドアをそのままにしておいてください」

折木の声はささやき声になった。

「先生、怖いのかなあ」

華子がおもしろそうに呟いている。

「そうじゃないわ。カマキリの邪魔したくないのよ」

藤枝は察していた。以前にも似たようなことがあったのだ。あの時はクモの巣だった。

その巣は、玄関のドアの上方にあったが、扉にややかかっていたのだ。藤枝は掃除を怠っているのを恥ずかしく思って、慌てて箒で払おうとした。

「あ、そのままに、そのままに」

精密に美しく織りあげられた巣を壊してしまうのは、あまりに可哀想と、あのとき、折木は勝手口から家に上がったのだった。


華子がこんなことを話していたこともあった。

稽古の後、ときどきそうしているのだが、華子は折木を、家の前の小径が、大通りへと尽きるところまで送っていくことがあった。

「『さよなら』って言って、先生、自転車を漕ごうとして急に降りちゃったの。忘れものかなって思ったら、径の真ん中に蝉がひっくり返っていたの。死んじゃってるみたいにじっとしてた。先生が、手でつまんだら、手と足をバタバタしだしたの。

『ああ、生きてる！』って先生は叫んで、そばの松の木の枝のところにそっと置いてやった。そして『よかったね』ってニコニコしたよ」

華子は、自分の父親と折木の、その、あまりの違いを感じとっていたのだろう、

「お父さんも、いつも家にいてお仕事すればいいのにね」

と呟いたことがあった。

「そりゃあ、会社は東京に在るんですもの、仕方ないわ」

「先生はいいね。昼間でも、自分のお家や近所にいられるんだもん」

「近所っていっても、ここへ見えるのもお仕事なのよ」

「ウーン、でも……」

華子の言いたかったのは、もっと別のことだったのかもしれない。

働き蜂かどうかは分からないが、会社人間の父親と、音楽家の折木。その大きな隔たりは、単に職業や生活形態が異なるところからくるものだけではないことを、子どもながらに敏感に察していたの

かもしれなかった。

たった一度、藤枝の夫の竹雄と折木が出会ったことがあった。

「娘がお世話になります」

「はい……」

ピアノの上達具合はどうですか、などともきかないので、会話が続かない。

「ゴルフは、どうですか」

「ゴルフ？　ああ、しません、しません」

音楽家だからゴルフをしないということもないが、やはり、竹雄はお門違いのことを訊いているといった印象だった。

「景気はいかがですか」と言うところを、さすがにピアノの先生に対してそうは言えず、竹雄は自身の目下のところの関心事でもあるゴルフの話にもっていこうとしたのだろう。

食べること一つとっても、竹雄は肉類を好み、また、何でもムシャムシャと食べ尽くす。食べることに貪欲なのだ。そして、何にもまして酒を好んだ。

折木はお酒どころではない。肉も食べない。いや、肉はおろか魚にしても、一匹ものを。つまり尾頭《おかしら》のつかない切身は口にしないようにしていると、藤枝は彼自身から聞いていた。してみると残されているのは、鰯《いわし》や秋刀魚《さんま》の類ということになろうか。

折木は車を持たない。自転車で、あるいは徒歩で、どこまででも行ってしまう。電話も引いていない。こちらが急に稽古を休まなければならないような事態に至った場合でも、大家さんに呼び出してもらう以外にないのだ。近頃はやっているケイタイ電話というものも、藤枝は好まないにしても、彼のような立場の人こそ必要では、と誰しも思うところだろうが、決して持とうとはしない。

服も靴も、いくつかの替えはあるだろうが、余分は持たない。むろん住居は借りているのだし、妻帯もしないのだ。もっとも一度は結婚生活をしたということだが、考えようによっては煩わしさこの上ない共棲という形態は、あっけなく解消されてしまったようだ。

折木は楽器類以外は、物を持たないことにしているのかとも思われた。それでは孤独すぎはしないか、などと推しはかるのは、藤枝のような、家庭を持つことに何の疑問も抱かない、平凡な主婦の考えることなのかもしれなかった。

それでは、何によって癒されるのか、やはり彼には音楽以外にはないのだろうか。

4

〈あ、折木先生！〉

その人は、野球帽に似た白い帽子を目深にかぶって、白いシャツと白いトレーナーズボンに色物のズックをはいていた。そしてゴム手袋をはめた手で、うつ向き加減にモップを動かしていた。

藤枝は動悸を抑えられなかった。その病院に入院している知人を、見舞った帰りがけのことだ。エレベーターを降りて、長い病廊を出口に向かっていた。その目と鼻の先で。その男の人は熱心に掃除をしていたのだ。

折木だ、とほぼ確信に近いものを覚えたにもかかわらず、彼女が声をかけ得なかったのは、見まちがいであってほしいという思いからだったろうか。

華子が一緒だったなら、何の迷いもなく、「あ、先生、こんにちは」ときっと呼びかけていたにちがいない。

藤枝は、人びとの行き来に紛れるようにして、足早に院外へ出てしまった。出てしまってからすぐに、もう一度戻って確かめたい衝動にかられた。しかし、〈落着いて、落着いて〉と自身に言いきかせ、深呼吸をしているうちに、なぜ、こんなに慌てふためかなければならないのかと、自らをふり返る余裕が出てきていた。

〈ほんとうに、あの掃除の人が折木先生だったとして、そんなに驚くことなのだろうか〉

と思ってもみたのだ。しかし、そうは思っても、その思いは、すんなりと胸裡を下りてはいかなかった。

入院している知人にきいても、むろん知らないことだろうし、藤枝は、その日のことを夫にも華子にも口外しなかった。

そして、再び知人を見舞う日を、彼女はこの日と同じ曜日に決めていた。そこに、折木の、あの姿を見ることができるかもしれないと、確かなはずなのに、更に確かめたい気持ちが尾を引いていた。

当の折木は変わらずに稽古に来宅していたが、どこをどう見ても、何の変化も見受けられなかった。

5

「あんた、大分馴れただろ？」

「はい」

「ちょっと見、細いから、始めのうちゃ、大丈夫かなと思ったよ」

「はい」

「案外、芯が強いんかなあ」

「そうかもしれません」

「それはそうと、あんた、こんどの慰安旅行へ行くかい？」

「はい、行こうと思ってます」

「そっか、そりゃよかった。俺はまた、あんた参加しないんじゃないかと思って……」

「いいえ、行かせてもらいますよ」

折木の口調は、思いのほかにはっきりとしていた。

「いや、実はね、あんたの掌や指、なんちゅうの、こう、白くってほっそりしてるだろ。掃除なんて、とっても向かないんじゃないかって……」

この掃除のベテランの大先輩は、繊細な指を持った折木が、これまでどんな仕事をしてきたのかは訊かなかった。訊かれれば、折木はそのとおりに答えたろう。しかし、誰に対しても、彼は自分からあれこれ喋ることはなかったから、そのままになってしまったのだ。


掃除の仕事は確かに体力を必要とするので、折木にも、ピアノに向かうのに支障をきたすかもしれないと予想はついていた。しかし、それも馴れるにしたがって、それほどでもないように思えた。それに、掃除をイヤだと感じたことはない。爽快とまではいかないが、汗を流した満足感のようなものさえ湧いてきていたのだ。

何よりも、報酬をもらっているのである。

これまで折木は、ピアノやマリンバを教えることでしかお金を得たことがなかった。それが、近頃では生徒数が減ってきて、暮らしぶりをきり詰めてはいるのだが、不如意になりがちだった。

世の中が変わってきてしまっていたのだ。こういう時は、人々は、まず余計と思われるものから切り落としていき、実際的、現実的なものをとる。音楽や絵画などは、実は余計どころか、大いに人の心を潤してくれるものなのだが……。

とにもかくにも、折木は自分にできることを考えてみなければならなかった。思いめぐらしてみると、音楽以外に何もなかった。幼い頃、病みがちだった、いや、どうも躰が弱かったことだけではなく、どこか変わっていたらしい。そんな息子の将来を心配して、母親は苦しい家計の中からピアノを与えてくれたのだ。

以来、折木には音楽の道しかなかったようだ。音楽学校の学生だった頃は、片道二時間半もかけて通いとおした。しかし、少しも大変だとかイヤだとか思ったことはなかった。音楽をやっていることは、彼にとって無上の悦びだったのだから。

卒業時、

「折木君、――響にどうかね、打楽器奏者として」

恩師は推薦《すいせん》してくれた。

彼は考えた末に、いや、即座にだったか断わってしまった。

「どうして？　せっかくのお話を」

そのことを聞いた母親は、ひどく落胆した様子だった。

しかし彼は、断わったことを後悔していなかった。これからどうやっていくのか、定まった考えもないにもかかわらず。学校の教師にもならなかった。ソリストとしての打楽器の場もあまりない。それより前に、彼にはその気がまったくなかったのだ。

以前には、友人たちの強い誘いもあって、マリンバの演奏会に出演したこともあった。その演奏に感動して、ぜひ教えてくれと願い出てきた者も、今の古い生徒の中にはいる。いずれにしても、理由はよく分からないのだが、彼にとっては、人前で演奏するよりも、独りで自身の心に聴かせながら弾くのが、もっとも自然で自分らしくあったことは確かだった。

その日、奥湯河原へ向けて、総勢二十名ほどが小型バスに乗りこんだ。折木たちの働いている病院以外のところの人たちも一緒だった。

バスの中では、種々の駄菓子を詰めた袋が配られた。

みんな嬉し気だった。ふだんは、あまり見せない表情をしていた。女の人も半数足らずいたが、年嵩《かさ》の人が多かった。同じ職場の人でも、いつもは一応、制服っぽい白色に身を埋め、頭を三角巾で覆っている人が、いま、ブラウスにスカート、そして、化粧も施しているのである。すると、別人としか見えなくなっていた。もっとも、折木は仕事場では、彼女たちと真正面から話すこともなかったので、彼にとっては誰が誰でも同じことだったのかもしれないが。

「こっちの席へきなよ。めかしこんでるな」

誰かが女の人を呼んでいる。

「イヤだあ、あんたの傍なんて……」

「なんでー?」

「すけべったらしいからさ」

「何言うか、ちぇっ!」

あけすけに言い合っているが、険悪な雰囲気にはならない。せっかくの慰安旅行につまらない思いはしたくない。楽しんで得しなけりゃといったみなの意気込ごみが、均衡を破らせないようにしているのだ。

折木は窓際の席で、それらのやりとりを聞くともなく聞き、頬をほころばせていた。隣席には、あの先輩が座っていたが、時々、短く話しかけてくるだけで、彼は居眠ってばかりいた。

「一泊だといいんだがなあ、ケチってさ」

「仕方ないよ。世の中、不景気なんだから」

「ま、そうさな。一日だっていいんかもしれんな」

「そうだよ、温泉にだって入れるんだぜ」

後ろの方からのそんな会話も耳に入ってきた。

窓外には次第に建物が減って、緑が多く、広々とした光景が展開されるようになってきていた。

〈ああ、まだ、日本は大丈夫かな〉

折木はぼんやりとそんなことを思い、縮めていた脚を伸ばし、ようやく寛ぎを覚え始めていた。

♪丸々坊主の禿山は
　いつでもみんなの笑いもの
　これこれ杉の子起きなさい
　お日さま　にーこにこ声かけたー
　　　　　　声かけたー

折木は、われ知らず、それがくせの歌を小さく口遊んでいた。

奥湯河原の温泉場の在るセンターに到着した。

バスを降りた一行は、すぐ側を流れ下っている河の、たっぷりとした流れのほうへ一斉に眼が行った。

「あとで、そこらをゆっくり歩く時間はあるから」

という、まとめ役の声に、みな、ぞろぞろと建物の中に入っていった。そして浮足立って、仕切りのない畳敷きの大広間の一角を、適当に陣取った。

そこここに同じような人の塊ができている。家族づれ、夫婦もの、女同士のグループなど、どのかたまりの真ん中にも、一様に食べものの包みが広げられていた。すでに温泉に浸ったほとぼりをさまそうと、寝そべっている者の姿も見られた。

掃除組の一行は、昼食を兼ねた遅い食事まで自由行動となった。さっそく温泉に入る者がほとんどだった。

「温泉、入んないの？」

先輩が誘ってくれた。

「はい、あの、ちょっと後で……」

「そうか」

彼はしつこく誘わず、折木を放っておいてくれた。

センターの欄干からも眺められるが、やはり河の傍へ行ってみたかったので、折木はセンターのサンダルをはいて外へ出た。

流れに沿って、方々に突き出ている岩にぶつかっては迸《ほとばし》る水、所々の大樹の枝が、水面すれすれに張り出だしているところもあり、そう広くはないながらも、変化にとんだ景観を呈していた。

〈ああ、いいな、緑のご馳走だ！〉

折木は深呼吸をした。そのとき、ふっと亡き母親の顔が過った。そして、ずいぶん長く墓参りに行ってないな、と思った。

古都に在る墓所の墓石が、昏《くら》く翳《かげ》るくらいに、周囲の樹々の繁りが鬱蒼《うっそう》としていたのを連想させられたのだろう。遠方なので交通費もかかるし、行きたくてもなかなか実行できないのだった。

しかし、彼の部屋には、父母の一緒に写っている写真が飾ってある。仏壇も位牌も妹のところに置かれているので、ただ写真が在るだけだ。彼は毎朝夕、この写真に眼を遣り、また、写真の中の彼らのほうも、常時、彼を見ている気がしていた。

曽我《そが》梅林に連れていってあげた折のものだから、二人が病気になる数年前の、歳はとっても、共にまだ健やかな頃のものだ。腕を組んで着ぶくれた父が突っ立っている。その傍らには、和服を無造作に身につけた母が寄り添っている。互いの腕と肩先が触れるか触れないくらいの位置で、背景の梅の花のほころびに溶け合うかのように、自然に頬がほころんだといった穏やかな顔貌だった。

折木は、位牌よりも何よりも、この一枚の写真に心が充足していた。そして、いつも自ずと掌を合わせているのだった。

河の縁の岩に腰を下ろして、水面のゆらゆらとした樹影を見ていると、三々五々している人々やその話し声や嬌声《きょう》は、彼からすっかり遠のいていっていた。


「おい、どうしたんだよ」

背後に声がした。

「ああ」

折木は、今しも水面から浮き上がってきたような表情になっていた。

「みんな、温泉から出て、これから宴会だぜ。って言うほどのこたぁないが、とにかく飯だよ」

「あ、すみません」

折木は、規律を乱してしまった思いになって頭を下げた。

「いいんだよ。でも、先に温泉に入ってからのほうが、酒も美味いんじゃないのかい？」

「ああ、そうですか」

「そうですか、って……」

「僕、お酒飲まないから、解らないんです。すみません」

「そうか、そりゃ残念だな。まあ、いいや。それより、早くきなよ」

一同、車座《くるまざ》になって、比較的静かな飲み食いの時を過ごした。場所柄をわきまえてのことだけでなく、元々、周囲を無視して騒ぐような人たちの集まりではなかったのだろう。

その後の自由な時間、多くの者は河のほうへ行ったが、再び温泉に浸る者もいた。折木は、その痩せた躰を湯船に沈め、遠慮がちに細い両脚を伸ばした。

久しぶりの温泉だった。いや、いつ、こういう所へ来たのか、事によると、まったく行ったことがなかったのか。それより、両親を一度も温泉などに連れていったことがなかったなと思う。そして、別れた妻、それは、あまりに短い共棲だったので、妻と言っていいのかどうか分からないくらいだが、彼女はどうしているのだろうかと幽かにそのことが頭を過る。しかし、いずれも、遥か彼方に過ぎ去ったことではあった。

あるいは、折木は何も考えていなかったのかもしれない。その消え入りそうな風態にもかかわらず、彼は湯船の中の誰をも気にせず、のびやかに湯と溶け合い、戯れさえして、現在をのみ、ひたすらに過ごしていたのだったろうか。


夕方、一行は再びバスの人となった。もう、バスの中で、はしゃぐほど元気の残されている者はいなかった。隣の人の肩に凭れたり、シートからずり落ちそうになって眠りこけたり、女の人の化粧も剥げ、いや、湯上りの素顔に眉の形もなくなっていた。

また明日から、それぞれの場での掃除の仕事が待っているのだった。

6

藤枝は、折木の清掃している姿をしっかりと眼に止めたのだった。あの時、結局、声はかけなかったが、しかし「先生！」と呼びかけても少しも構わないような気がしたものだ。彼の様子がそう思わせたのだ。

「ああ、華子ちゃんのお母さん」

彼はそう言って、ニコリとするに違いなかったから。

あれから何年が経っただろう。

藤枝は華やかな明るさのもとに坐っている娘のほうを見た。その花嫁姿はあどけなく、どこか脆《もろ》げに見えた。

華子の相手の人は詩というものを書いているという。そして生活の糧は種々の仕事から得ている。世に言うアルバイターだ。華子を一途に、かつ大胆にさせていることと、小さい頃から折木と接してきたこととは、案外無関係ではないような気が、藤枝にはしてならなかった。そう言えば、花婿はいささか折木に似てなくもない。

彼女は、斜め前方の折木のほうへ眼を移した。彼は相変わらず柔和な表情で、頻《しき》りにフォークとナイフを駆使していた。

うちとけた雰囲気のなかで、参会者が交互に席を立っては、若い二人のところへ進み出ていっていた。そこでは何やら楽しげな会話が伺えた。そのうち、折木までがスッと出かけていった。その姿はやはり衆目を集めていた。しかし彼は、そんなに自身が見られているとは、少しも思わないふうだった。

「華子ちゃん、おめでとう」

「先生、ありがとう」

たったそれだけのやりとりかもしれなかった。

藤枝に、折木の耳がまっ赤に染まって見えた。それは、心から華子のことを喜んでくれている証のように思えた。

突然、煌々としていた照明が明度を落とした。

一同が、何かあったかとざわつき始める寸前に、ピアノの音が聞こえだした。そして、会場は徐々に元の明るさに戻っていった。

人びとは、隅に置かれてあったピアノの前に、折木のやや背を屈めた姿を見出したのだった。

彼の指先からは、えもいわれぬ美しい連音が流れだしていた。

藤枝には、何という曲なのかは分からなかった。あるいは、彼の即興の曲だったのかもしれない。

折木の耳の辺りからは、すでに赤味は失せて、塑《そ》像のような蒼白い横顔がうかがわれた。

彼はむろん、せがまれて、華子たちのために奏で始めたのだろう。しかし、次第に、自からが紡ぎだす音の世界に没頭し、ここがどこであるかといったことからは、遠くかけ離れたところにいるようだった。

音楽と清掃（現在《いま》はしているのかどうか）と、もう一つの何か。それは藤枝には明確には解らなかったが、何かこう、すべてに対する祈りのようなもの。それらを軸に、先生はずっとやってこられたのだなあと、彼女はこのとき初めて感じとったのだった。

「お母さん、いい会でしたね」

折木は静かに微笑み、フワリとお辞儀をして去っていった。

その後ろ姿が、胸を抉られる寂しさを漂わせているように見受けられたのは、藤枝の思い過ごしだったろうか。

骨灰を撒く庭

1

〝……すっかりごぶさたしていますが、お元気でお過ごしのことと思います。さて、私、このほど、表記の処に転居いたしました。……〟

松の内も過ぎた頃、柚子は、こんな手紙を麻美から受けとった。彼女にしては、どこかしら、ていねいな書きぶりに感じられた。

〈まあ、珍しい！〉

柚子は独りごちつつ、何年か前に電話をもらって以来のことだなと思った。その電話にしても、ずいぶんと音沙汰なかった末のことだった。そんなふうにして、彼女からは、時たま、思い出したように便りがあるのだった。

麻美は、年賀状といったものを書かない人なので、その代わりのようなもの、あるいは、引っ越しの知らせぐらいはしておこうといったところかと、柚子ははじめは思った。

ところが、読み進むうちに、いや、もうその前から、手紙の先に待ちかまえている、決して明るくはない文字を感じとっていたのだった。彼女の眼の端と、神経叢の立ち上がってくるような感覚と、その双方によって。

〃……夫が先年に亡くなりましたので……〃

〈あの桐生田《きりゅうだ》さんが亡くなってしまった！　もう、この世に存在しない！　そんな……〉

柚子は、鳩尾《みぞおち》のあたりを、鷲づかみにされたような気がした。

しかも、その死から、すでに二年余りの月日が経っているのだった。

なぜ、知らせてくれなかったの、というつきあい方ではなくなっていたのは確かだが、それにしても、彼の死を、麻美は、どうしてこのように淡々と書けるのだろうか、と柚子は納得のいかない思いでならなかった。

しかし、早、二十四回以上の月々が巡っているのだから、麻美は、その感情の起伏に、なだらかさをとり戻しているのかもしれないと、思いなおしてもいたのだが。

〃……ただいまは、このハイツで、老猫とのんびり暮らしています。……〃

麻美は、実父の世話をしながら、実家に棲んでいるはずだった。むろん、桐生田さんも一緒に。あの広い家は、一体どうしてしまったのだろうか、と柚子は、たった一度だけ訪ねたことのある、古色蒼然としたたたずまいを思い浮かべていた。

手紙には、一人娘さんのことも認《したた》めてあった。しかし、いまは桐生田哲郎さんの死が柚子を捉えていて、彼女は、一応、先へと眼を通しはするのだが、なかなか文面が頭に入ってこないのだった。

〈桐生田さんがいなくなってしまった！　二度と会うことができなくなってしまった！〉

ただ、そのことだけが、柚子の裡をグルグルと駆け巡っていた。

彼のおおらかな表情が浮かんでは消え、また浮かんだ。

「哲《て》ったんには、向こうの国の血が混じっているかもね」

麻美が何かの折に言っていたように、彼は、どことなく大陸的な茫洋とした風貌をしていた。

柚子は、桐生田さんとそんなに親しかったわけではない。それどころか、直接、口をきいたこともほとんどなかったのだ。すべては、麻美を通しての桐生田さんである。彼女の夫なのだから、当然のことだろう。

ただ、学生時代から柚子も、彼を知っているにはいたということだ。まだ、二人が結婚する以前から。しかし、それも、やはり麻美を通じて、ということになろうか。

「いい人なんだ！」

時々、麻美はそう口にした。まだ、「哲ったん」という愛称で呼んでいない頃のことだ。

そうなんだろうなと柚子は同感した。それは、彼の外見からの印象や、彼女のことばによってばかりのことではなかった。


麻美は、大学へ入学当初、他の大学の学生とつきあっていたのだった。高校生の時の文通から始まった交際だった。ほとんど逢うことはなく、想像ばかりが逞しくなり、それゆえ、彼女の恋心にはいっそう拍車がかかっていっていたようである。

その彼の大学主催のパーティーに、麻美は、柚子たち数人の仲間を率きつれて押しかけたことがあった。しかし、その折、なぜか柚子たちは、肝腎の彼に会わされていなかった。麻美自身も、彼に逢えずじまいだったのではなかったか――。

しばらくして、彼女は呟いた。

「○○地方の人ってくらーくっていやね」

麻美が吐きだすように言ったこのことばは、彼女のほうが積極的だったらしいこの交際の終わりを告げていたのだった。

その後、麻美は、同じ科の学生とつきあい始めた。むろん、柚子も見知っている人だった。

「彼の家の塀を乗り越えてね、彼の部屋へ抜き足差し足で入っていったの」

彼女は、そんなことを呟いた。

その一言で、麻美がたちまち彼と深い間柄になったのが、柚子にも察せられた。

先の文通相手との、うまくいかなかった恋愛からの教訓か、あるいは腹癒せでもあるかのように、行動的な彼女の姿がそこにはあった。


麻美の実家は、大学へ何とか通えるくらいの距離にあったのだが、夜遅くなってしまうと、彼女は、友人たちの下宿先に泊ったりしていたことはあったようだ。それで、この新しい彼とも、事の起こりは、あるいは、そういったことからだったのかもしれない。

「彼ったら、こんなこと言ったのよ。『仕事先から家路を辿ると、団地の窓に灯がともっていて、妻が夕食を作って待っている、っていいな』って。彼は、結婚てものを、そんなふうに考えているのよ」

麻美は、憤然として、柚子に告げたことがあった。

二十歳前後の者には、あまりに遠い話ではあったが、それでも柚子なりに、男の気持ちも、また女の立場も解る気がして黙っていた。

　すると麻美は、

「それがいけないっていうのではないの。現実には、大いにあり得ることでしょ。でも、そういうふうな意識を抱いているだけじゃなくって、前面に押しだしてくる、そのことがイヤなのよ」

　とつけ加えた。

　そして、そんなことが原因というわけでもなかったろうが、麻美は、その彼とも、早々に終止符を打ったのだった。

　やがて、学部の異なる桐生田さんと、いつの間にかつきあい始めていたのだった。

　詩の会の活動で知り合ったということだったが、柚子は改まって紹介された覚えはなかった。柚子たちの授業中の教室に、肩を並べている二人をかいまみたのが、桐生田さんの存在を知った始めだったろうか。麻美はいつの時も、とても積極的に伺えたものだ。のろのろ、ぐしゃぐしゃと悩みつつ、日々をやっと過ごしてきた柚子は、次々と果敢《かかん》に行動する麻美に、羨ましいと言うよりは、驚きと些かの不安めいた思いも心の隅っこを掠めていたのだった。

　そんな友だちの思いなど麻美には関係なく、彼女ははつらつとしていた。たとえ悩んでいる最中でさえ、はつらつとした悩み方をしていたのではなかったろうか。

　麻美は、先の尖った流行のハイヒールをはき、スーツのタイトスカートから出た脚をやや外股に、大学構内を颯爽《さっそう》と闊歩していた。むろん鞄などではなく、ハンドバッグを腕に、化粧も施し、思いっきりのお洒落をして、彼女は思ったとおりの生き方を、誰憚《はばか》ることなく通しているようだった。

2

卒業期が近づいていた。それぞれが就職、あるいは、卒業後の進路のことで奔走していた。人生そのものに模糊《もこ》とした悩みを抱き続けていた者も、失恋から自殺未遂に到った者でさえ、そのことはそのこととして、これからは、自分の力で生きていかなければならないという、この現実に立ち向かわなければならなかった。

柚子は、希望の分野ではなかったが、とりあえず、可もなく不可もなく思われた中堅の洋酒会社に入ることができた。

勤め始めた。

何とかやっていけそう、としていた思いが、こんなはずではなかったという思いへ、グイッと捻じ曲げられて、とうてい仕事に熱心になれる状態ではなかった。

日々、すし詰めの電車に押しこまれ、吐きだされ――これは多くの勤め人が耐えていることではあったが――柚子には、まずそのことが、とりわけ辛かった。彼女は、職場に辿りつくまでにクタクタになり、意気阻喪《そそう》してしまうのだ。

そのうえ会社では、社長室付きのこまごまとした仕事、つまりは、書類の整理や飛行機の切符を買いに行ったり、来客を案内したり、……の類ばかりだった。

「お化粧しないと気持ちが悪くって」

と、化粧をするほうが気持ちが悪い柚子とは正反対のことを言う、完璧化粧のチーフ秘書の見習いのような立場に置かれていたのである。

ゆくゆくは正規の秘書に、ということのようだったが、彼女は、そういうつもりでの入社ではなかったせいもあって、どうもしっくりとこないのだった。

柚子は、次第に耐え続ける価値のある職場とは受けとれなくなっていた。そして、別の就職先が見つからないうちに、そうそう簡単に辞めるわけにはいかない、と思っていたにもかかわらず、ついに職場を去ってしまった。

迷いを断ち切って、といった強い意志をもってではなく、もう、どこをどう押しても、彼女の脚がそちらへ向かわなくなってしまったというわけだ。

責め苦から逃れて、それで柚子が解放されたわけではない。彼女は実家から通っていたので恵まれていたほうなのだが、それがかえって面倒をもたらした。

「ナニッ！　仕事を辞めた？　お前が甘いからだ！」

そう言って娘をではなく、妻を責めるにきまっている父親の手前、柚子は毎朝、家の門を出ざるを得なかったのである。

母親の慈しみ深く、気弱でもある視線に、背を押されるようにして、彼女はひとまず家を出た。そして、その辺を一巡して、父親が出勤した頃を見はからって帰宅するのだった。

幼い頃、何をしたのかはよく覚えていないが叱られて、寒夜をねんねこ半纏《ばんてん》を羽織らされて外に出されたことがあった。その時も、やはり母親の辛そうな瞳が、背中にひっついていたなと柚子は思いだす。

あの頃とまったく変わっていないではないかと、彼女はおかしいような、もの悲しいような思いに、口元を思わず歪めるのだった。

時期外れの新聞の募集によって、柚子はようやく小さな出版社の編集部に、自分の場を得ることが叶った。

帰宅は連日のように遅く、徹夜をすることさえあったが、そのかわり、朝はゆっくり、場合によっては、他処へ寄っての昼近くの出社も許された。

あの電車の中の朝晩の狂躁曲から逃れられたことが、柚子を、新しい職場へ通い続けさせる大きな要素ともなったようだ。

柚子が、そうやって、決して不承ぐではなく仕事に入りこみつつある時期に、麻美からの結婚式への招待状が舞いこんできたのだった。

ある日の仕事の終わった後、柚子は祝い物を持って、二人を——むろん、相手の人は桐生田さんだった――訪ねていった。そして、そのアパートの四畳半に、ひっそりと仲睦まじく同棲している二人の姿を見出した。

『神田川』の歌よろしく、傍に川こそ流れていなかったが、そんな雰囲気に包まれ、薄暗い電灯の下で、彼と彼女は肩を寄せ合って倖わせそうだった。

「哲ったんが買ってくれたの、バースディに」

麻美は鼻の頭を光らせて、畳の上にじかに中判の画集を開いて見せた。それは、ルノワールでもセザンヌでもなく、オディロン・ルドンのものだった。

特別高価そうな画集ではなかったが、彼にプレゼントされたことが、この女友だちには嬉しいのだと、柚子には痛いほど解った。

「銭湯にいくのよ。すると哲ったんは、どんなに寒くっても、いつまででも私を待っててくれるの、家はすぐそこなのに」

桐生田さんが席を外した際に、麻美は、口元を尖らせ、高揚した面持ちで語った。

彼女は、かつてつきあいのあった男たちに、そうした優しさを見出せなかったのかもしれないと柚子は感じた。そして、桐生田さんの人柄こそが、結婚までに到った大きな理由だろうと、素直に頷けるのだった。

結婚などとは、およそ遠いところに在った柚子だったが、二人を祝う気持ちは充分にあった。彼女にとっては遥かな、まったく現実味を帯びてこない話《ストーリー》を、二人が先へ先へと歩んでいることに、別世界を見ているような思いを抱いていたのではあったが。

麻美には、柚子よりももっと親しい友人がいたはずだが、高校時代の親友らしい一人と共に、大学時代の友としては、柚子だけを招《よ》んでくれた結婚式は、然《さ》り気なく、さらりとしたものだった。

3

麻美と桐生田さんは、一軒の家を持った。

双方の実家で建ててくれたものということだった。柚子の家とは、バスを乗り継いで一時間ほどの距離のところに在った。

〝国分寺の家は建て替えて、目下、娘夫婦が住んでいます……〟

そう手紙に書かれている家である。

その家へは、かつて柚子はしばしば訪ねたものだった。むろん、働いている間は、そういうわけにはいかなかったのだが。

編集という仕事柄、不規則は付きもので、健康に関して自信過剰であったのかもしれない柚子は、じわじわと躰を蝕まれていっていたのだ。そして療養を余儀なくされた。

したがって、麻美たちの家を訪ねたのは、柚子が鬱々とした気分で過ごした二年間の療養所暮らしの後のことだ。

その前に、東京郊外のその療養所へ、麻美は、何度か見舞ってくれた。

「あなた、パン、好きだったでしょ」

彼女はそう言って、いろいろな種類のパンを柚子の枕元に広げた。

「え、パンを……」

柚子は、とっさにピンとこなかったが、彼女は確かにパンを好んだことは事実だった。そして、妙なことを覚えているものと、柚子は思い当たることがあり、おかしかった。

戦後の食糧難の時代のある日、柚子の父親が一斤のまっ白いパンを、どこからか手に入れて帰宅した。

「あしたの遠足に、持っていきたい！」

柚子がそう宣言していたにもかかわらず、朝になってみると、誰かが、おそらく食べ盛りの彼女の兄だったろうが、半分以上食べてしまっていたのだった。

焼きもしなければ、バターもつけず、そのままのフカフカをちぎって、口中にそっと含む。その食感のことや、むろん、食べられて柚子が泣きだしたことなども、彼女は、麻美に話したことがあったのだ。

療養所への土産の種々のパンの中に、黒くカチカチの、ロシアパンとでもいうのだろうか四角いパンが混じっていた。

「これは、どうやって食べるの?」

「さあ、よく分からないんだけど……」

麻美自身は、パンそのものを、それほど好きではないらしかった。

柚子は、同室の者におすそ分けした後、そのカチカチの黒いパンだけは始末に困ってそのままにしておいた。やがてふっと思いつき、床頭台の中にしまってあった蜂蜜に、試しに浸して食べてみると、その美味なことといったらなかった。

もっとも、これも、パン好きでなかったら、それほどとは感じなかったかもしれないので、やはり柚子はパンが好きなのだろう。それに、療養所という隔離された、さまざまな規制のあるところでは、何か一つでも発見があったりすると、それがどんなにささやかなことでも気分が違ってくるものらしかった。


「哲ったんが、詩の新人賞をもらったの」

別の時、麻美は療養所へやってきて告げた。

「ワッ、凄い! おめでとう」

「ありがとう。でも、彼ったら、投稿したのを忘れてたんですって」

「まあ。でも、ほんとによかった」

「ええ、それが、哲ったんも嬉しくないことはないんでしょうけど、でも――、それほどでもなさそうなのよ」

それは、麻美の気持ちでもあるのではないかと、柚子はふっと思った。なぜだろう。彼女だって、現在はどうか知らないが、詩を書いていたのだし……あるいはライバル意識からだろうか、などと想いを巡らせてもみた。しかし、そんな理由ではなさそうだった。


麻美は、ある宗教的組織に傾いていっていたのだった。

「こんど、――様に来ていただくようにするから」

柚子が療養所に入る前、一時的に入院していた病院へ、その――様という人が顔を見せくれたことがあった。

〈治りたい〉

柚子はむろんそう希ったが、その組織には関心が湧かなかった。しかし、親切心からに違いない彼女の進言を、むげに断わることはできかねた。

木造病棟の出入口の、廊下続きのようなちょっとしたスペースに、卓とイスのみが置いてある面会場所で、柚子は、やってきた人の話を聞くには聞いた。しかし、努力はしてみたものの、なかなか心に響いてくるものを感じ得なかった。そして、うそ寒さの中で、その人の坊主頭ばかりが印象に残っただけに終わったのだった。

桐生田さんも、その組織に入っているか、入りつつある、といったところにあるようだった。麻美の圧倒的な牽引力に引っぱられるようにして……と思われた。

その教えの一つに、〝他に秀でることは芳《かんば》しくない〟というのがあるのだと柚子は聞いていた。してみると、誰でもがそうはなれない、つまり、何かの賞をとったりは、ほんの一握りの人たちのこと故、あまり、喜ばしいことではないということになるらしい。

桐生田さん自身は、受賞に対して、どんな気持ちでいるのだろうかと、柚子は、じかに訊いてみたい思いが過ったのだった。

そんなことを思い出したせいであろうか、いま、突如として浮上してきた幻のような光景に、彼女自身が驚かされていた。

それは、三十数年前の、柚子たちの大学へ通うために乗り降りする駅頭でのことだった。

桐生田さんが、一冊の同人誌を、ひょいと柚子に手渡した。そして彼は、風の如くさっと駅の階段を駆けのぼっていってしまったのだ。

その同人誌には、むろん彼の詩が載っていた。

「読んでください」

ということだったのだろう。

彼とは、下校のスクールバスに乗り合わせていたのだったか、それとも、駅頭で偶然出会ったのか、柚子はまったく覚えていない。それが唯一、桐生田さんと柚子の直接の出会いだった。

4

柚子は療養所をようやく退所できた。

一時は、将来とか未来とかは自分にはもうないのだと、彼女はいやも応もなく思ったものだ。血沈がググーンとみるみる下がっていったとき、また、ベッド空きを待つあいだ家にあって、高熱で布団の下の畳にカビが生えているのを見出したり、洗面所で昏倒したりしたとき、それらの一々は、これでもかこれでもかと柚子をいためつけたが、それでも、それらの事々は具体的な事象にすぎなかった。

何よりも、結核が不治の病いと言われていた時代、そう宣言されたとき、まっ白になった彼女の脳裡には、生きること自体が否定されたようで、何ものも入りこむ余地がなかったのである。

それから二年、手術を拒否して、そのことは生きることに積極的ではなくなっていたからかもしれないが、そうやって自然にまかせたことがよかったのかどうか、柚子は退所を許可されるまでに恢復したのだった。

そして、予後を実家でしばらく養っていたとき、先のように、麻美たちの国分寺の家へ時々訪れていたのだった。

その家で柚子は、桐生田さんとほとんど会わなかった。彼は勤めをしていたのだから当然だが、在宅の折でも、彼は滅多に顔を出さなかった。妻にそのように言われているのか、あるいは、自らの意志からかは不明だが。

「哲ったんなんて、イヤんなっちゃう！」

麻美は、声を大にして、あけすけに嘆いたこともあった。

「いらっしゃるんでしょう？　聞こえるわよ」

柚子はハラハラした。

「平気よ。だって、彼の前でだって言ってやるんですもの」

麻美はそう言いのけてすましていた。

桐生田さんと麻美は同棲時代も入れれば、共に暮らして五、六年にもなろうか。まあ、急にか徐々にかは分からないが、目下のところ、彼女は夫にほんの少し飽きてしまったということなのかもしれなかった。しかし、麻美が夫を愛していることに変わりはなかったろう。

当の桐生田さんは、詩をあんなに評価されながら、より深くその世界に突きすすんでいくことを、阻《はば》むものがあるらしかった。それは、妻に関係なく、もっと異なる彼自身の考えによるものと、柚子は信じていた。

柚子は、どうやら病いも一応癒えた頃、思いがけず結婚に到った。そして、一年、おっかなびっくり、子を産むことになった。

「あら、あなたも。実は、あなたに後を託そうと思っていたのに……」

麻美は、それまで一人で請け負っていたPR誌の編集のことを言った。

そう言えば、彼女は結婚後七年間、子どもを持たなかったのだ。

麻美と柚子は、たった一週間違いで出産した。


阿佐ヶ谷の住宅街の、とした離れに間借りをしていた柚子を、麻美が訪れた折の写真がある。互いに、相手の子を抱っこしている。

「あなたには、女の児しか考えられなかったのに。しかも、こんなに丸々とした男の児を！」

と麻美は盛んに嘆じた。

そのとおりで、体格のいい大柄な彼女と、小柄な、病気あがりの柚子だったのだ。

「この児は、わたしに似合うんじゃない？」

麻美はそう言い続けて、女友だちの男児を抱いていた。

何枚も撮っているにもかかわらず、いずれの写真も、互いに自身の児を抱いたものは一枚もなかった。麻美の女児は、桐生田さんに似ていた。

柚子は、二人目の、こんどは女の児に恵まれた。間借り暮らしからの脱出は、一家を、東京を離れた海辺の街の、小さな一軒家へと、とりあえず落着かせることになった。

そして、どのぐらいの時を経てからだったろうか、麻美の一家もまた、妻を亡くして独りになってしまった彼女の父親と同居のため、実家に戻ったのだった。

そこは、東京での双方の住居と、ほぼ同じような間隔に位置していた。

しかし、互いに訪ね合ったのは、たった一度しかなかった。子育てやら何やらで、それぞれの生活に埋没していたからだろうか。それもあろうが、加えて、麻美はますます宗教組織への信奉に拍車がかかっていたようで、その教えに従ってこない者には興味を失っていたのではなかったか。

先の、たった一度、柚子が訪ねた折のことだ。

麻美は誘った。

「哲ったんの所へ行ってみる？」

桐生田さんは、すぐ近くのアパートの一室を借りて、そこで、ほとんど終日を過ごしているのだった。詩作に耽けるためではなく、請け負っている仕事をするために。

「ええ。でも、今日は……また、この次にするわ」

柚子は応えていた。

そのぐらい、すぐ再た訪問するつもりの彼女だったのである。

桐生田さん亡きいまとなっては、柚子に残念の想いが、あとを引く。

赤ん坊のときに抱っこし合った互いの子が、高校生になった。

麻美の子が、柚子の家の近くに在る、大学まで一貫制の学校へ入学したということなので、親として、何かとその学校へ足を運ぶ機会もあろうかと、柚子は、〝お寄りください〟といった手紙を出した。

しかし、麻美からは返事がなかった。そして、それきりついに一度も会うことなく、それからの七年間は、風が木の葉を吹きさらうように、宙にかき消されてしまっていた。

「娘が――大学の大学院に合格したの」

息を弾ませた麻美からの突然の電話を柚子が受けたのは、互いの子どもたちが大学を卒業した時だった。

「よかったわね」

柚子のほうは、卒業こそ何とかしたものの、就職も気に染まず、何やら難しい世界に浮遊している状態のわが息子を、それなりに信じてはいたが、事実は事実なので説明しようもなく、

「困ったものよ」

と言うしかなかった。

かつて麻美は、子どもが大学へ行くことさえ、他の人に秀でることになるということで否定的なはずだったのだ。しかし、そうした組織の教えは、彼女にとって、子どもに関しては当てはまらないのだということを、現実が知らしめたのだったろうか。

その後の麻美との出会いは、それから、あまり間をおいてではなかったと柚子は記憶している。意気揚々とした麻美と、そして学生時代のもう一人の友を交えて、三人で都心で会ったのだった。

そのもう一人の友とは、柚子はほとんど行き来がなかった。彼女は若い頃から外国に行くことが多く、ある時期には、エジプトのギザに棲んでいたこともあった。そういうこともあってだろう、その

後、ツアー・コンダクターとして、特にシナイ半島辺りを専らとしているということだった。

「連れていって！　来春にでも」

麻美が言った。

柚子もまた、興味を抱いて話に耳を傾けていた。

可愛いアップリケのついたTシャツにジーンズ姿、そして、素顔のそのもう一人の友は、ドレスアップした麻美を、

「きれい！　きれい！」

と盛んにほめるのを止めなかった。

ほめちぎられた麻美は、照れかくしなのか、御門《おかど》違いの柚子に、まるでお返しのように、

「あなたもね。でも、地味すぎるわよ」

と柚子の服装を評した。

柚子自身は少しもそうは思っていなかったので、

「そうかしら」

と自分の生成りの麻の、言われてみれば平凡なスーツ姿を、あらためて意識させられたのだった。

アンバランスな三人の女たちだった。

しかし、会話は次から次へと堰を切ったように、滞《とどこお》ることなく弾みに弾み、しまいには、肩こそ組

まなかったが、校歌を歌わんばかりに盛りあがって、店の人を驚かせたほどだった。

それはそうと、

「じゃ、再た」

と交互に言い合い、三方に別れてしまうと、シナイ半島行きの話は、それきり立ち消えになってしまっていた。それればかりか、その後、三人で会うことはむろん、互いに、二人ずつで会うことさえ、まったくないままに、今日まできてしまっていたのだった。

5

〈桐生田さんが既にこの世に存在《い》なくなってしまっていたなんて!〉

柚子は、故知らず、ただただいたたまれなくて、手紙を受け取ると直ちに麻美に電話をかけた。しかし、その時留守だったことが、彼女に少しの冷静さをとり戻してくれたようだった。

〝……引っ越してきたこの近くは、桜の名所で、川に沿って、それはそれは見事な光景をくりひろげます。ぜひ、遊びにいらしてください。……〟

手紙の冒頭の文面をよく読んでみると、その桜の咲く頃に、という麻美の意志をそこから読みとることができた。

柚子は、機先を制せられたような気持ちになりはしたが、いくら慌てても、桐生田さんはもういないのだと思い直した。そして、

〝お花の頃、お伺いしたく思います〟

といった旨の返事を出したのだ。


花の季節は酣《たけなわ》を過ぎようとしていた。

麻美は、住居のある最寄りの駅へ柚子を出迎えてくれた。何年ぶりの会いだったろうか。

三階建てのハイツの一階の居間で向かい合った二人は、いや、向かい合ったのではなく、長方形の卓の短い辺に主人が、長いほうの辺に客が位置した。そして、それとなく相手の変貌ぶりを互いに敏感に感じとっていたはずだった。

「変わらないわね」

麻美は、何度か柚子に向けて言った。

柚子は、自分をずいぶんと変わったと思っているので、そのことばどおりには受けとり難い。

麻美が変わったのは、全体にほっそりとした躰つきになったことである。若い頃から太っていたというわけではないが、ふっくらとした丸顔だった。そして現在、躰が痩せればそれに比例して顔もまた、といったところだったろうか。かつての溢れんばかりだった精気が喪われているような印象を免れなかったのだが——。

「桐生田さん、ご愁傷さまでした」

柚子は、そのことばが当然のことながら、何か気持ちにそぐわない感覚を抱いていた。しかし、押して、そう挨拶をしつつ、仏壇らしきものを求めて視線を泳がせた。

「まあ、お花を！」

「ええ、桐生田さんに」

「ありがとう。お花はここへ置くわ」

麻美は、大きな花瓶に差し入れると、ひょいと持ちあげ、出窓に運んでいった。

手紙にあった、老猫がのったりと寝そべっている出窓である。


「あのね、仏壇なんてないの。写真もないのよ」

「……？　お墓はどこなの？」

「お墓もないの」

「それじゃ、お骨は桐生田さんの実家《おさと》のほうへ？」

「いいえ、ここに在るわ」

「……？」

「ここの押入れの中よ」

麻美は、自分の背後をふり返った。

〈そこから出して、お焼香をさせて〉

柚子はそう言えなかった。そういう雰囲気ではなかったのだ。

「何の病気だったの？」

そう訊くのがやっとだった。

「癌だった、と言っても血液のね。急性の白血病よ」

麻美はそれ以上、些細にはしゃべりたくないようだった。

死の前後のことなど、訊きたいことはたくさんあったが、いずれにしても、すでに桐生田さんはいなくなってしまったのだと、柚子も口を噤《つぐ》まざるを得なかった。


「彼の遺品は、ほとんど捨ててしまったわ」

麻美は、かつてのように桐生田さんのことを、「哲ったん」とは呼ばなかった。

遺品とは、身の回りの道具や衣類もあるだろうが、主に彼の詩の原稿や蔵書などを指しているのだった。

「整理してたら、書きかけの長編詩が出てきたの。割といいので、これだけはとっておいたわ」

麻美は、特に力をこめるでもなく淡々と言い足した。

〈独りでは寂しいでしょう〉

柚子は、あまりに当然のことではあろうと、口にはしなかったが、話しているうちに、麻美のほうから、そのことに触れてきて、

「ちーっとも寂しくなんてない。ほんとうなのよ」

ときっぱり言い切った。

「もっとも、お嬢さんもいらっしゃるんですものね」

国分寺の家を建て直し、娘さん夫婦がそこに住んでいる、と手紙にあったのを思いだしつつ、柚子は頷いていた。

「うーん、それもないとは言えないけど、あんまりね」

そう言って、麻美はそれから、娘さんのことをひとしきり饒舌《しゃべ》った。

「歳のうーんと離れた再婚の子連れ男よ、相手は。彼女は血の繋がらない子の母親役を、いえ、役なんていう義務感からじゃなく、自然にやってのけている。とにかく勝手にやってるのよ。本人がいいと思ってるんですもの、私はなーんにも気にしてない」

それが特徴の、あっさりとした、かつ、きっぱりとした話し方である。

〈ああ、学生時代と同じだわ〉

と、柚子は、何がなし安堵していた。

そして、話からの娘さんは、赤ん坊のとき、桐生田さんに似ていると思った顔ばかりでなく、性格もよく受け継いでいるのではないかと感じられた。

会話は、あれこれと途切れることなく続けられていった。肝腎の桐生田さんのことには触れられないままに。

「ここに棲んで、もう半年近くなるのに、最近まで、こんな所に戸棚があるなんて、ぜーんぜん気がつかなかったのよ」

麻美はおかしそうに言いながら、ハイツの中の作りを説明し始めた。

柚子には一見狭く見えたのだが、思いのほか広く、細長いダイニングと同じぐらいのスペースのキッチンを中心に、寝室ともう一つの畳の部屋もあった。その二つの部屋は、引き戸を開けなければ、そこに在ることに気づかない。

一人暮らしには充分の広さだろう。しかし、柚子は、たった一度だけ訪ねたことのある、あの麻美の実家の校舎のように大きな建物を思うと、よくぞと思わないわけにはいかない。第一、長い生活の間に積もったであろう荷物の処理一つを考えただけでも、容易なことではなかったのではないかと、想像しがたいぐらいだった。


「彼の後に、父も逝ったので、あの家は売り払ってしまった」

「大変だったでしょう」

「うーん、でも、みーんな捨てたり、処分してしまったから」

柚子は、現在の自身の暮らしを顧みていた。

自分たち家族の物だけでなく、家は別々だが、双肩にかかってきている両親の、六十年余に及ぶ暮らしの歳月に積もりに積もった物、物、物。いずれは、それらのすべてを始末しなければならない時がくるだろう。そのことを考えただけで、彼女はパニックに陥りそうだった。ポイポイと捨てていくだけでも大事《おおごと》だが、それらの物の一つ一つによって引きだされてくる感情が、大変さに拍車をかけるにきまっているだろうから。

その点、麻美はどうだったろうか、と柚子は思う。

「みーんな、捨ててしまった！」

彼女はそう言っているではないか。そのことばどおり、捨てる際に、引きずっている想いも一緒に処分してしまった、ということなのだろうか、と柚子は、麻美の潔《いさぎよ》さを思った。

6

椅子にかけたまま、麻美の居間をあらためて見回した。

本棚以外には、これといって注意をひかれるものは見あたらない。そして、ぎっしりと詰まっているわけではないその中で、外国に長く住みついて、その国の歴史を書き続けている、ある女性作家の全集だけが目立った。

「あれ、面白い？」

「そうね。ひっくり返って、いちーんち読んでる」

柚子はこの時、妙なことに気がついた。

やはり数年前、夫を亡くした友人が、同じこの作家の書くものに、相当熱中していたのを思い出したからである。

この作家の作品群から、夫を亡くしたという立場を同じくする二人の女友だちは、何か共通するものを感受しているのだろうか。それとも、単に偶然の一致にすぎないのだろうか、と柚子はちらっと考えた。しかし、それ以上、そこに止まり、あれこれと思いを巡らすことはしなかった。

「いいわね、独りって。あ、こんなこと言っていいのかしら」

柚子は、桐生田さんの霊に拝するために、遠方からやってきたはずなのに、こんなことも口にしていたのだ。

「そう。いいのよ。そのとおりなんですもの。誰か訪ねてくるでしょ、でも、ドアも開けない時があるの。今日は化粧をしないと決めた日の時は。そして、読書三昧をね」

柚子は、つい、麻美の顔を見返してしまった。

〈ああ、化粧をするとは、そういうことなのか〉

そう、改めて思わせられたのだ。

しっかりと顔を造りあげる、手を施す。そのことは、他人への礼儀とも当然異なる、一つの儀式と言ったらいいだろうか。

麻美が化粧をしているのを、ただ見たままのものとして片づけてしまうのではなく、そこに、自己と他との区別が明確にあり、言ってみれば、仮面をかぶることになるのかもしれなかった。そこには、麻美自身をどう表現するか、主張するか、といった歴《れつき》とした考えが在ることがよみとれる。それが、たとえ仮面であったとしても。

「いちーんち、いえ、ふつかでも、みっかでも、ひっくり返って読み続けてる。それも、昼となく夜となく」

麻美のことばは、読書三昧から、ひいては自由三昧をも指しているのだった。

柚子は、自分にもそういった境涯が、いつの日か訪れるのだろうかと、幽かに思いを致してみる。

しかし、現に、入退院を交互にくり返している父と母。そして夫と、また、出ていったとは言え、出入りの頻繁な落着かない子どもたち。おまけに飼い猫は当然のことながら、外では、栄養失調の仔猫を四匹もひき連れて、何とも優しげな声で懸命に子育てをしている痩せ細った母野良猫を、どうして放っておけようか。

たったいま、がんじがらめになっている身には、自分の気の向くことだけをしていられる自身が、柚子には想像しがたいのだ。

柚子は、やはり桐生田さんの話をしたいと思う。しかし、その契機《きっかけ》が見つからない。それに、何を訊いたらいいのか……と思っているうちに、いつの間にか話題は、自分たちの健康談義に移っていいっていた。おそらく、夫や父親の病いを看てきた麻美ゆえに、そういう話になったのだろう。

「朝食を全然摂《と》らないの。これは、時間のロスがなくなっていいわよ。起きたら、すぐにも何かを始められるでしょ、だから」

「そうかもしれないわね。でも、朝、食べないのは……」

毎朝食後の、家族の去った食堂でのコーヒータイムを、よろこびの一つとしている柚子には、頷くことは難しい。

「そして、昼食は軽く、夜はたくさん食べてもいい。そういうサイクルで痩せたのよ」

麻美は、相手の思いとは別のところで告げた。

ふっくらとしているのが麻美の麻美たる所以《ゆえん》と思ってきた柚子は、何かしら心配でなくもなかった。しかし、

「躰の調子、凄くいいのよ」

当人がそう言っているのである。

痩せたいという願望は、柚子にだって多少なりともあるわけで、多くの女たちは、いくつになっても、たとえ夫を失くすような目に遭っても、そういった類《たぐい》の思いは消え去らないらしい。あるいは、失くしたからこそ、なおいっそう、自分自身にかまけるのかもしれない。

「あなた、パン、好きだったでしょ」

唐突な麻美のこのことばは、三十年も前のあの療養所を見舞ってくれた時と、まるきり同じだった。

桐生田さんの死も、何も彼もが現実に起こったことではなく、三十年間が抜け落ちて、一足飛びに現在がある。そういう錯覚に柚子は陥りそうだった。

眼前の卓上には、何種類もの菓子パンが大皿に盛られてあった。

「これ、この辺では美味しいお店なの。私は食べないけど、どうぞ」

麻美は、自身が三十年前に発したことばなど覚えているはずもなく、まして柚子の思いなど知る由もなく、すすめた。

「父の時は、入院の最中も、亡くなってからも、そりゃあ、煩わしかった！」

麻美は、桐生田さんのことではなく、そちらのほうの話に触れた。彼女にとっては最も新しい死である。

「近くの病院だったので毎日見舞うでしょ。すると、きょうは出たの、出ないのって、まあ、そんなことばっかり言うのよ。まったく情けないったらありゃしない」

便のことだった。

「『もっと他に話はないの、少しは高尚な。昔は帝国の軍人さんだったんでしょ！』って言ってやるの。そうすると、『自分もそう思う』って、ベッドに横たわったまま、躰全体をピーンと伸ばしてね、気・を・付・けをするのよ」

麻美は心《しん》から情けなさそうな表情を見せたが、柚子は、この一度も会ったことのない老人を、いいお父さんだったんだなと思い、その場の光景がほうふつとしてくるのだった。

その父親の死後、財産の処分やらのことで、麻美は弟たちとゴタゴタがずっと続いたという。

「彼が先に逝ってよかった。巻きこまれないで済んだもの」

と、彼女はようやく、そこで桐生田さんのことに言及したのだった。

そうなのだ、桐生田さんは、そういうことには、さぞや恬淡《てんたん》としていたろうから、と柚子もその点同感だった。そして、醜いことには触れさせたくないという麻美の彼への想いを、かいまみた気がしたのだった。

7

「お骨は、どうするの?」

柚子は、思いきって訊いてみた。

「そのこと。空や海へ撒いたりもいいんでしょうけど、そうは簡単にいかないでしょ。そのうち、少しずつその辺の地面に撒いたらと思ってるの」

「その辺?」

麻美の視線の先は、出窓の外の庭だった。いや、まだ、庭の形を成していない。新しいハイツなので、庭もこれからのようだ。

〈少量ずつ土に返してゆく……〉

柚子は、麻美の表情を、斜めからそっと伺った。しかし、そこからは、これといった特別の感情をよみとることはできなかった。

「昔っから、あなたは、まっすぐだった。私は、少し違ってるのよ」

柚子のすっきりしない様子を見てとったのか、麻美は、唐突にそんなことを言いだした。

〈え、私がまっすぐ？〉

柚子は、麻美がどういう意味で言ったのかは分からなかったが、自身はけっこう、ねじれていると自己判定しているので、そんなふうに見ていてくれたのか、と思った。しかし、いまは、そのことよりも、麻美の裡に何が巣喰っているのだろうかと、頻りに思い見究めようとしていた。

若い頃の、あの、はつらつとした行動的で明るい印象のうちにも、そうとばかりは言いきれないものを、幽かにではあるが麻美に感じとってはいたのだ。しかし、それが何なのかは、二十歳《はたち》ぐらいの柚子に解ろうはずもなかったのだ。

麻美は少なくない恋愛をして、さっと誰よりも早く結婚をし、現在、その夫を失くし独りになってしまった。

たった一人いる娘にも、頼ろうなどとはこれっぽっちも考えていず、それよりも、この娘には、何でもいいから、自分でやっていってくれさえしたらそれでよしとしているふうだった。

「私、すべての権利を放棄してしまったのよ」

麻美はあっさりと言ってのけた。

つまり、亡父の家をはじめとする土地、その他、相当にまとまった財産が残されたが、すべてを妹弟に委せてしまったということだった。

ただ、自分がひっそりと暮らせるだけの、要するに、このハイツの一スペースのみを、ということのようだった。

ここで、ある時は、何日でもひっくり返って書物の中に埋没し、また、ある時には、徹底的に化粧を施し……そうやって過ごすことが、麻美の、あの積極的な行動力や豊富な経験を経ての、行きつくところとしてあったのかもしれなかった。

柚子は、麻美の顔に惹きつけられる。むろん、会話中、相手の眼や口元や表情を見ながら話すのは当然のことだが、彼女に対する場合、見ようとしなくても、どうしても、相手をそこへ向かわせてしまう引力のようなものがあった。

情熱をもって、また、すぐれた描写力を発揮して話すのが、かつての麻美の特長だった。そして、そのことはいまも変わっていない。ただ、そこには、力強いうちにも、どこかしら醒めた世界が秘められているのかもしれないと、いまになって初めて柚子は思い到ったのだ。

長年にわたり、即《つ》かず離れずのこの女友だち同士は、一体、何時間ぐらいしゃべったのだろうか。

「そのうち、庭に木を植えたり、花の種でも播こうと思うの」

柚子の帰り際に、麻美の口から、そんなことばがポロリと転がりだした。

「あ、それはいい。いいわあ」

柚子はなぜかほっとして、相槌を打っていた。

ついに、お焼香はさせてもらえなかったが、この次、訪ねてきた時には、このハイツの前の庭は、見事な花園と化しているかもしれない。そう思うと、柚子は少し明るい気分になった。

桐生田さんの骨灰を混ぜた土で、花を咲かそう。麻美はそう思ったのかもしれないのだった。

白山吹の墓

1

ヒラリッ　ヒラリッと木洩れ陽が墓地全体に落ちていた。古い墓石群や、やや下り坂になっている通路へも、崖の上や中程に生えている樹々の枝が伸び覆《おお》って、陰と陽のひらめきを絶えず呈している。

水桶と高箒と塵取りを片手に一緒くたに持った幹郎のあとを、朔《さく》子もまた菊の花束と箒を片腕に抱え持って従《つ》いていった。二人共にもう一方の手には旅行バッグを提げて。

通路の左手に、岩から浸み出ている清水を溜めた石窟がある。

「後で汲みに来よう」

幹郎はそう言って通り過ぎた。後ろを振り向かずに「滑らないように」とも言った。妻へばかりでなく彼自身に向けてもいたのだ。早く両親に逢いたいと逸る心を抑えるかのように、慎重な足取りになった。実際、晴れているのに、石窟の周辺の地面はたっぷりと水分を含んでいて、乾く間もないようだったのだ。

家の墓処に着くと、二人はまず旅行バッグを敷地を仕切っている低い石の上に置いて、ほおっと息をついた。びっしりと密生した苔が鮮やかだ。その上へ木洩れ陽が差し込み、墓参に来たというのに、朔子は夢心地になるくらいだった。そして、おおいかぶさっている樹々を見上げて、それらが発する精気のようなものを深く喫い込んだ。

幹郎はと言うと、もう、長方形の敷地の南東の隅にある新しい墓石の上に散った枯葉を素手で払っている。彼の両親の墓だ。一年のうちに相次いで逝った父と母が眠っている。

向かい側には四基の古い墓石が並んでいた。中央には上部が弧をなしたひときわ大きな墓石が、岩のような台座に差し込まれるようにして建っていた。曾祖父の墓である。その左側には曾祖母のが別に建ち、右側には曾祖母の墓石よりももっと小ぶりの祖父母の墓が在った。そこには、幹郎の父の二人の兄と小さい時に死んだ妹も一緒に入っていた。一番右の墓石は、院長だった曾祖父の病院で働いていて、行き場のなかった人たちのためのものということだった。

半田家の三男の健三は幹郎の父だが、兄たちと共にはもう入りきれないということで、墓を守っている長男の嫁の梅子伯母に頼んで、新たに墓石を建立したのだった。

幹郎と朔子は、苔の上の落葉を苔を剥がさないように掃き集め、少しの草を毟《むし》り、それぞれの墓前の花立てから枯花を取り去り、墓石の周囲を整えた。

「水を汲んでくる」

幹郎が姿を消すと、他に人の気配はなく、朔子は深い谷底に置き去りにされた気分に陥った。

「さっ子さん、さっ子さーん」

義母の与志から呼ばれているような気がした。

三人の実の娘たちと分け隔てなく対してくれた、気分のさっぱりとした人。おそらく腸《はらわた》は清水で洗い流したようにきれいだったに違いない。それなのに上顎癌で苦しみ続けたあげく逝ってしまった。手術後は小康を得て、傷ついた顔を大きな茶色の眼鏡でカバーし、朔子とも外出した。しかし、思うように使えなくなった口内の筋肉は、次第に硬くなって口が開けにくくなったり、頬骨を削っているので眼窩までがその役目を果たせなくなり、眼球が下がり視力をほとんど失った。そのうえ鼻の片側もいじられていて、飲んだ液体は喉元に行かずに鼻孔から溢れ出た。それでもストローをハンドバッグに忍ばせて、朔子と共に喫茶店でコーヒーならぬジュースを口にすることもあったのだ。

何度かの入退院によって危機を乗り越えてきた義母だったが、ついに傷口を塞ぐ手立てがなくなり、血が噴射し続けるに及んだ。

「こんどは駄目だわ」

彼女は弱音を吐いたのではなく、事実を冷静に捉えていたのである。それまでの生きながらの地獄にも愚痴一つ口にしなかった。強い人と朔子は思っていたが、しかしそれは、その苦しみを同様に体験したことのない人の勝手な思いなのかもしれなかった。

新しい墓石に刻まれた〝平安〟という文字が朔子の眼に入る。まろみを帯びた穏やかな字形は、南禅寺の管長で、この庵の庵主でもある人の揮毫《きごう》による。

あまりにも苦しいこの世だった。あの世にあっては平安で居て欲しいという希いは、幹郎や朔子など残された者の悲しみや口惜しさを癒すために過ぎないのだろうか。あの世が在るのかどうか分からない。もしないとしたら、死んで終わりとしたら、この世で苦しみに責まれた人は苦しみっ放しになるではないか。それでは酷過ぎる。どこかで救いがあって然るべき、そのためにはあの世が必要であり、あの世では安らかになって欲しいのだ。


「伯母さまはまだ見えないかい？」

水桶を提げて幹郎が戻ってきた。

「いま、十二時四十五分だから、もう間もなくと思うわ」

「ね、驚いちゃいけないよ。水屋に蛇がいたんだ」

「あっ、言わないで！」

「だけど、いいことだと僕は思っている。僕たちを歓迎してくれているんじゃないかな」

幹郎の嬉しそうな素振りに、蛇を眼にすることはむろん、その発音を耳にしただけでも鳩尾《みぞおち》の辺りがモワっとしてくる朔子は、強く頭を左右に振った。振ったからといって蛇の姿が容易に脳裡からかき消されるものでもないが。

柄杓で墓石に水を掛け、汚れを落とすことに注意を集中しようとした。そうしているうちに思ったのだ。蛇が義父や義母の化身だとしたら、それでも嫌うだろうかと。

「さっ子さーん！」

義母の声が聞こえたような気がして朔子は躰を硬くした。

「もう、いいだろう、掃除はその辺で。先にお参りしておこうか」

義母の声に幹郎の声が重なった。似通った声質なのかもしれない。

二人はまず両親の墓前に改めて向かった。

合掌している幹郎の肩越しに墓誌を刻んだ四十センチ程のやや横長の御影石が見える。

「倒れたりしなかったね」

墓処にくる早々、幹郎がそう言っていた石だ。

墓石には〝平安〟とあるだけなので、この御影石には両親の名前を並べて記して、その下に〝ここに眠る〟とそれだけを刻したものである。

なぜ墓を建ててくれた京都の石屋の手にならなかったのか判然としないが、この墓誌は、幹郎が友人を介して横浜の某寺に頼んで彫ってもらったものだった。しかし、その墓誌石を二人で京都まで運ばなければならなかった。小さなローラーの付いた買物袋にすっぽりと入りはしたが、しかし相当に重い石をなぜ手ずから運ぶことになったのか、これも判然としない。

朔子はいま、幹郎の背に視線を当てているうちにはっきりと了解した気がした。彼は、一年のうちに相次いで両親を失ってしまった深い悲しみとも口惜しみともつかない行き場のない想いを、重い石を、しかも長い距離引き摺ってくることによって癒そうとしたのだと。いや、癒すというよりは、ただ苦しみを少しでも自身に課そうとしたのかもしれなかった。

母親の癌による壮絶な死。その半年前には学者だった父親が、何も解らなくなって逝った。病の始めの頃に、ベッド上で教室で講義する演説口調の片鱗をのぞかせていたことも、幹郎には胸をかき乱されることだったろう。

両親が別々の病院に横たわっていた時、幹郎と朔子は共に交互に廻り、幹郎の姉妹たちも右往左往し続けた。そんな状態がその死によってふっつりと終止符を打った。しかしそれぞれの裡では、ことに幹郎の裡では、それからが死者たちへの思いの深まっていく始まりだったようだ。

「あーら、早う来なさったんね」

「あ、伯母さま、しばらくでした。お疲れでしょう」

「いいえ、あなた。しょっちゅう来ているんですから」

「いつも、お墓のお守りをしていただいて」

「あんた方、遠いんやもの、仕方ないわ。何時に着いたん？」

「京都駅へ十一時半頃です」

「えろう早う、お家を出なさったんね。わたしら、もう歳ですわ、そうはいきません。この頃、脚がね」

「でも、お若いですわ。しゃんとしてらっしゃる」

幹郎と朔子のことばはほとんど一緒である。

八十五歳とはどう見ても見えない、すらりとしたスーツ姿の梅子伯母は、風格もさることながら色気さえ仄かに感じられる。

半田家の長男に嫁ぎ、舅姑を、つまり幹郎の曾父母を見送った後、夫をも亡くした彼女は子を生《な》さなかったので、ずっと独りで生きてきていた。大きすぎた京都の家は手離して、宝塚に移り住み、目下、臈纈《ろうけつ》染めを教えている。

「子なんぞ欲しくなければ生まんほうがええ」と医者だった舅は言ったそうだ。代々続いていた医家の、しかも長男の嫁にそんなことを口にした祖父は、一風変わった人だったということは耳にしていた。朔子は長くよりそってきた夫に相通ずるものを、何かにつけて見てきた気がしている。

「お線香を」

義父母の墓に参ろうとする伯母に、朔子は手渡そうとした。

「いいえ、私は要りまへんのどす。ようけ汚くなって、いやですもん。大体、私にはお墓も要らんくらいですから。献体して、きれいさっぱり」

伯母はきっぱりと言った。しかし、

「建三さんも与志さんも、早う逝ってしまったんねえ」

としみじみ呟きつつ拝んでくれた。

「もう、あんた方、よろしか。ほなら、そろそろ行きまひょか」

三人は伯母を中に一列になり、湿り気を帯びた通路を、墓地と寺庭の境を仕切っている出入口に向かった。そこには一本の太い切り竹が横に渡してあるだけだ。跨ぐか潜るかすればそれきりのものだが、誰もそんなことはしない。この仕切りが大きな扉の役目を果たしているのだ。そしてそのほうが庭の景観を乱さないことはむろんのこと、むしろ趣深くもある。

朔子はここを通るたびに、一種の約束事、簡略の美を感じ、感動さえ覚えるのだった。静かに竹筒を持ち上げ、また納める。仕切りを出るとそこは本堂の外廊下が南北に長く走っていて、濡れ縁も付いている。そこに軽く腰をかけ側庭に眼を遣る。掃き目も新たな砂の波、ぽつんぽつんと置かれた石と灌木。

しばらくは三人共にことばを発しなかった。

「向こうへは？」

幹郎が訊いた。

「きょうはよろしわ、せわしないし……」

本堂の南側に広がる広大な池を擁した庭園に身を置かずに去るのは、幹郎と朔子にとって残念なことだった。二人だけの時は墓参の後、必ず廻るのだったが、それも伯母の前では致し方ない。

伯母はさっさと外廊下に沿って甃《いしだたみ》を進み、曲がり込んで、もう庵の正面に出てしまっていた。

「ちょっと挨拶をして」

幹郎が遠慮がちにモソモソと言った。

「もう、ご挨拶は済ましたんやろ」

「ええ、来た時にすぐ」

「そんなら、ええやない」

伯母の口調は些か尻上がりに聞こえる。

幹郎は律儀さからかもしれず、そして朔子は実のところ、もう一度本堂を控えた玄関口の土間に入りたかったのだ。突拍子もなく高い吹抜けのある、太い梁の四方八方に渡された薄暗いそこは、どこにも見出すことのできない別世界を呈していたのだから。

長い歳月、坊さまをはじめ、寺で働く人たち、檀家の人びとによって踏み固められてきてカチカチになった土間が、一歩踏み入った途端ひんやりと全身を包む。すると乾いていた心までが、水分が浸み込むようにしっとりとして、快い重さに鎮まるのだ。

やはり義父母は、此処に眠ることを選んでよかったのだ。頻繁には参れないが、二人は安心して身も心も預けているに違いなかった。

「さあ、タクシーに乗りまひょ、ご馳走するわ」

タクシーは門前から大通りへ出、やがて鴨川を渡り、高瀬川に沿って北へ北へと向かった。窓からの風景はいつもと少し違って見える。いつも幹郎と朔子はほとんど徒歩で巡り、市外へ行く折にもゆっくりとしたバスに身を任せているのを好み、タクシーは避けていた。

「ほらほら、この学校、あんたのお父さんらが通っていた学校」

伯母が指さしたのは小学校のようだ。

建三は北海道の大学を出て、そこで仕事に就き与志とも結婚し、幹郎まで生まれていたわけで、京の都にはそれほど縁が濃くないと思えていたのだ。それに朔子は義母から北海道の厳寒の中での辛い暮らしぶりを聞かされてばかりいたので、その頃、義父に何不自由ない実家が在ったことを忘れがちだった。まして、その彼が小さい頃遊び呆けた学校が在ったなんて。そう思いつつ幹郎の横顔を見ると、当然のことながら感慨深げだ。

したいように生きた義父だが、その潔癖さ故に社会的には余り恵まれなかった。晩年は湘南の海辺の簡素な家に棲み、海へ出るか、その辺りを散歩ばかりしていた。妻や娘たちに煙たがられているふうだったが、書かない詩人といった風貌の義父を朔子は好きだった。

子どもたちの中で、幹郎だけは父親に良い感情を抱いていたようだ。子どもの頃、釣りや山登りなどに連れていってもらったりして可愛がられた記憶が鮮明だったばかりでなく、そこに通い合ったであろう二人だけの感情を忘れ難かったのではないか。女たちが見ていた父とは違った父の像を感受していたのだろう。


伯母が案内してくれたのはホテルの中のステーキ屋だった、懐石料理ではなくステーキというところが梅子伯母らしい。もっともそこは別庭のある和風の造りの建物で、その思いがけない閑雅な雰囲気の場所は、東京からやってきた者にはちょっと知り難い。掘り炬燵様の畳敷に腰かけ、目の前で焼いてカウンターに出されるステーキを待っている間に、伯母は、

「ところで幹ちゃん、こんなものが私とこ来たんよ」

とバッグから分厚い封筒をとり出した。

「福井のまったく知らん人。なんて言うの、こういうの」

「郷土史家ですね、多分」

幹郎は封筒の裏書きと中身にざっと眼をはしらせて言った。

「なんや、家のお墓がそこにも在るって言うんやろ。放っておいてって」

「福井にはここに書いてあるのとは別のも在るんでしょ、おふくろが言ってましたよ」

「そう、あんたのお母さんと一緒に行ったこともありますよ。そこにはお墓参りのこと、ちゃんとお

願いしているんやけど、それとはまた別のお墓があるなんて。これ以上ようできませんし、私も歳やし……幹ちゃん、ゆっくり読んでみてな」

幹郎と朔子はその手紙を託されて東京に戻った。

2

「一度行ってみなければいけないね」

幹郎は父親から遺された系図や文書なども広げ、読み返し、託された手紙とも照らし合わせたりして言った。大凡《おおよそ》のことは分かっているつもりだったが、父も母も亡くなってしまったいま、これ以上誰に訊きようもないのだ。

幹郎でさえそんな具合だから、朔子などは益々もって何も分からない。南禅寺が現在の菩提寺であるが、また、大徳寺の真珠庵にも祖先の墓がある。そして大徳寺と南禅寺の間には福井があったのである。

福井に分家として出たのだろうか。墓が福井にもと聞いてもなんとも遠い感じだった。それは距離の問題ではなく、福井という日本海に面した地が、その名を耳にしただけでは京都や奈良のようには手にとれず、漠然としていたということだ。

朔子は学生の頃、一度だけ白兎海岸や鳥取の砂丘や松江辺りを巡ったことはあった。一人で東京を発ち、途中、広島の友人と落ち合っての旅だった。一人でいる間中、何か思いつめて汽車に乗ったり歩き回ったりしていた。そして、一人から二人に変わってもその感情に大して変化はなかった。二人とも口数少なく、それぞれに重過ぎる青春を抱え、自己に閉じこもっていたようだ。

ただ朔子には日本海の濃紺の海の色や荒い波の光景がひときわ強く印象に残った。それは三十年も経った現在でも深く心に刻みつけられている。殊に、手に掬ってみても蒼いに違いない海の色は、その後、どこへ旅しても出会わないものだった。


「行きましょう」

朔子は幹郎に答えていた。そしてふっと裡を過ったのは、すぐ傍らにいる幹郎という人についてだった。あの時の旅には、強《あなが》ちこの人も無関係ではなかったのだと。当時、朔子には想いつめていた人があった。しかし、その人とはどうにもならないのだった。そんなところへ幹郎が出現したのだが、彼女の心はまったく彼に向かわなかったのだ。朔子の鬱屈は恋愛の悩みからばかりでなく、生そのものへの悩みに囚われていたようでもあったのだが。

その後の長い曲折を経て、朔子は幹郎と一緒になった。彼の中に何を見たのだろう。

「僕はいつも爽やかなんだよ」

幹郎はよくそう言ったが、朔子にはまるでその反対に感じられていた。顔の表情はむろん、躰全体から滲み出ている雰囲気も暗鬱そのものだった。朔子はそれがいけないというのではなし、第一、爽やかなのがいいとも一概に思っているわけではなかった。それなのに彼は自らそう言うのだった。おそらく朔子自身、無意識裡に嫌っている暗さというものを敏感に察していたのかもしれなかった。その晴れやらぬ心こそが彼女のものであったのだから。

幹郎が、福井という日本海に面した地とも深い縁のある人とは、朔子は知る由もなかった。京都に縁のあることさえも知らなかったのだから。

あの濃紺の海は、一見、重く暗い印象だが、確かにその通りなのだろうが、しかし、思いがけず、爽やかさというものと相通ずるものがあるのかもしれない。朔子は幹郎と長い間暮らして、今初めてのようにそのことに気づかされた思いだった。爽やかさとは、気分がさっぱりとしているという意よりも、何事にも濁りがないという意のほうに強く傾いて捉えられるのだった。亡き義父の裡にもその印象はあった。

「来年の春のお彼岸に、京都へ行った時に廻ろう」

「そうね」

朔子は応えながら、半田家の四百年も前の墓処がどんなふうなのか、想像に難く、そこに思いを馳せるには余りに具体性に欠けていた。それより前に、京都からの行程さえも覚束ないのだった。

福井駅から歩いても行ける所に在る寺と、駅から別の電車に乗っていく三国という所に在るという、史家が知らせてくれたもう一つの寺……。

「歩いていると、機械の音が聞こえてくるのよ」

与志が言っていたのを思い出す。あの時が梅子伯母たちと義母が、福井駅近くに在る寺に詣でた時のことだったのだ。その時、丹後にも行き丹後縮緬の財布を土産にくれた。その財布は全体に赤味がかった紫陽花色の、そして図柄は何の花とも解し難い、架空の花とでもいった趣の、飽かず眺めていたくなるような美しい物だった。朔子は使わずに大切に仕舞っていて、時折、箱から取り出しては義母の人となりをなぞる思いで眺め入っている。

それにしても、あの折の旅の話をもっと心して聴けばよかったと悔まれる。しかし、義母も、三国のほうの寺のことは知らなかったわけだ。本家本元の建三よりも、与志のほうがそういうことに熱心だったようだから、息子たちの三国行きを知ったなら、きっと一緒に行きたいと言ったに違いない。京都のお墓に入りたいと言い出したのも彼女だったのだから。

与志は住んでいる地元の市営の墓地に墓所を求めることも考えたようだが、「やはり京都がいいわ。お父ちゃまも安心するでしょうし」と言った。それで、幹郎は墓を守っている梅子伯母に相談したのだ。

「長う、そっちにいやはるんで、あたしはまた、そっちにするんやろとばかり思うていたんや。そうか、分かりました」

とあっさりと言ってくれて、墓所の一角に新しく墓石を建てることを了承してくれたのだった。それから余り時をおかずに義父が、そしてその後、半年も経たないうちに義母がその墓の主になってしまった。

建三が亡くなった時、幹郎は国内にいなかった。仕事でルーマニアに行っていたのだ。しかも都市部から予定外の地方へ足を延ばしていて連絡がつかなかった。義父は数年間寝ついていたので、死の予測はあった。それで留守中のことは前以って朔子たちに託されていたのだ。幹郎は自分の不在中の父の死を、

〝父逝くと知りしダキアの山の街
　その夜苦しき息切れを聞く〟

と詠んで、あとは何も言わなかった。

幹郎と朔子は京都から列車に乗り込んだ。大津を過ぎると左手に琵琶湖、その彼方には比叡山、そしてやがて比良の山脈《なみ》だろうか、暗い山々が伺われた。すでに午後も遅い時刻のせいか、それとも天候のせいだろうか。そして、未知の場所に向かって進んでいく思いは、列車の疾走とは平行しなかった。重いというのでもなく、暗いというのでもないが、しかし、期待に弾んだものではなかったのだ。遠い先祖を尋ねるという思いのうちには、死んだたくさんの人びとの霊が、それと意識していなくても、おのずと喰い入ってきているのかもしれなかった。

「フクイー　フクイー」

駅員の放送が耳にとび込んできた瞬間、朔子は車中にあった間中捉えられていた気分から解放され

た気がした。その声音と発音は独特なものに感じられた。そう言えば、車中で放送された声音にもやはり特徴があった。おそらくこの地域の人が職務についているのだろう。

「とうとう来たわね」

「いや、君、これから三国線に乗るんだよ」

「そうだった」

三国線の乗り場は閑散としている。発車時刻表を見ると、数字がパラパラとしている。待ち時間に、福井市内の寺へ脚を延ばすというわけにもいかない。今回は始めから三国の寺へということにしていたのだ。

やがて、少ない人数を乗せて電車は走りだした。家々の建つ窓外の風景はしだいに畑に変わり、それは相当の広がりを見せている。

ああ、こういう所だったのか、という感慨は、思いがけないということなのか、それとも、思っていたとおりということなのか、幹郎も朔子も口にはしなかった。ただ、初めての土地をそれぞれに味わおうとしていた。


三十分余で三国駅に降り立った。雨が降り出していた。宿を決めていなかった。駅近くのどんな所でもいいと思っていたのだ。観光案内書に載っている二つのホテルに電話をかけたが二つともに満室だと言う。備えつけの電話帳を繰っていくつかの旅館へ問い合わせてみたが埒が明かない。彼岸時でもあり無謀なやり方ではあった。しかし幹郎と朔子はこれまで大概の旅はこんなふうにしてやってきていたのだった。さすがに困った素振りがこの時は顕《あら》わだったのだろう。「宿なら、この先の三国港まで行けば、いくらでもあるよ」ベンチに坐って二人の様子を見ていたらしい小母さんたちが声をかけてくれた。「民宿だけどね」と付け加えた。

二人はとびついた。民宿で充分なのだ。

「予約しないでも、行ってみりゃ大丈夫さ」

ということばに従い、終点の三国港駅まで行った。無人駅だ。雨は大したことはなくなっていたが、風が吹いている。海からの風だ。

質素な駅舎の裏側を通っている道を二人は歩いていった。辺りはすでに夜の気配で、行き交う人もなく、心細い気持ちは抑えようもなくなっていた。墓参のことよりも、今夜の宿のことで占められていたのも致し方ないだろう。

ひっそりとした住宅地をひたすら進んでいくと、民宿という看板を掲げた家がいくつも認められるようになった。二人は急に安堵して、たった今までどこでもいいと思っていたことは忘れて、「普通の住宅ふうなのよりは少しでも宿らしい趣のあるほうが」などと選ぼうとしているのだった。

通りを隔てた向こうは海という一軒の民宿の玄関の戸に手をかけたのは、入り口の佇まいに他の民宿よりもほんの少し惹かれるものを見出したからにすぎなかった。

顔立ちの整った、美しいとさえ言える中年の女の人が驚いた様子で奥から姿を現わした。こんなに遅く、と不審に思ったのだろう。それでも、

「夕食はなさいますか」

と静かに訊いた。

「はい」

「もちろん」

朔子と幹郎は同時に返答していた。

二階の八畳ほどの部屋は畳が擦り切れていて、決してきれいとは言えなかった。しかし、窓を開けると、そこは海だった。暗々として海の色は見えないが、チカチカと漁火が瞬き、別世界の様相を呈していた。

朔子は、明日になれば濃紺の海を見られるのだと思うと、突如喜びが湧きあがってきて、幹郎に不思議がられるほど瞳に潤いを帯びてくるのが自分でも感じられた。

「お食事を持って参りました」

先刻の女主人が自ら運んできた。

民宿では食堂で食べることが多い。食事時を過ぎていたせいか、あるいは、宿泊客といって朔子たちが気づいたかぎりでは他に一、二組しかなかったからか。

「今日が越前蟹の最後の日なんですよ」

と言いつつ、女主人は次々と皿や鉢を卓に所狭しと並べた。

越前蟹、それを目当てにわざわざ遠方からやってくる人も多いというのに、この時二人は共に、そのことをまったく思っていなかったのだ。蟹の他にも種々の刺身や焼き魚などのすべてが美味しく、思いがけないことだったのでなおさら感激してしまった。ことに、日頃食が細く、食べ物にあまり関心を寄せない朔子が、食べ物のことでこんなに感動するのも珍しかった。

少々の酒と美味の数々。幹郎は、

「運が良かった！」

と女主人が言っていたことばを同じように何度も口にのぼらせるのだった。

彼の口の奢りは、父親譲りの京料理のせいかと朔子は思っていたが、それもむろんあろうが、案外、この地に端を発しているのかもしれないと不意に思われた。遠い先祖たちはいつも、このような美味を口にしていたのだろうから、その流れが、どこかでフツリと切れてしまうことはないのではないか、と。

与志の手料理の腕は、義父の好みによって鍛えられたのかどうかは分からないが、決して豊かではなかった暮らしぶりのなかで、食べ物にはこだわりが深かった。住居や着る物によりも食べ物に心がいく。そのことは、朔子には卑しさの逆に思えるのだ。

〝太った豚より痩せたソクラテスになれ〟

かつて、ある大学の卒業生への餞《はなむけ》のことばとして学長が述べたという言辞を思い出す。それは精神性を重んじよということだが、そのことと、美味を適度にとり入れた食生活とは相反しない。食べることはどうでもいい、とまではいかなくても、大したことではないとしてきた朔子は、そこに自身の心の貧しさを思わないでもないのだった。

「おふくろは、昔の生活が忘れられないのさ」

幹郎はやや批判をこめて言っていたが、そういう自身が、やはり食べ物にはこだわりがある。義母にしても幹郎にしてもお金にあかしたものではなく、そこに朔子をして精神性を感じさせるのかもしれなかった。

「また、どうぞいらしてください」

美しい女主人は言った。そう言えばこの女には訛がない。どこか、存外東京辺りから嫁いできた人なのかもしれなかった。

幹郎と朔子は、昨夜来た道ではなく、海岸通りを駅へ向かった。昨日の続きで天気はよくなく、早朝の風が冷たく頬を打つ。むろん紺碧の海は見られなかった。

大分待たされて漸く福井行きの電車に乗り、三国駅へ戻った。駅には休憩できるコーヒー屋もあり、駅前にも店々が並んでいるのを、昨夕降り立った時には分からなかったのだ。

二人は地図を調べ調べ目差す寺へ向かった。海からは離れている大通りを十分程歩いていくと、右手にこんもりとした樹林が見え、もうそこが瀧谷寺《たきだんじ》だった。入口の横の広場には観光バスが停っている。そこを横切り、古い標柱の建つ門の前に立った。甃が遠く長く、まっすぐにどこまでも続いている。その甃に踏み入ってすぐ左に見事な龍の石彫を認めた。その口から清水を噴きだしている姿は、苔むした、いかにも歳月を経てきた古刹にもかかわらず生き生きとしていた。それは、先へ進みたいと逸る気持ちを引き戻すのに充分な魅力をたたえていて、幹郎などはと見つこう見つして、遂には差していた傘を置いて両掌に受けた清水を口に持っていっていた。

二人の予想に大きく反した寺だった。きらびやかさのない、なんというどっしりとした佇まいだろうという思いは二人に同じだった。樹々から滴り落ちる雨滴を傘に受けつつ、一歩〳〵甃を踏みしめていく。周囲は薄暗い。まるで幽界への道を往くようだった。死者たちの眠る墓処へ行くのだから、そのとおりなのかもしれない。そこへ向かうのには、こうした状景を辿って次第に近づいていくのが本当なのだろう。

ガサッと音がした。

「鳥か！」

幹郎が沈黙を破ってポツリと言った。

甃の尽きた所に山門があり、その上は鐘楼になっていた。そこを潜ると境内が展け、正面に本堂が在った。観光の人びとだけでなく、寺の人らしい姿もうかがわれたが、幹郎はさっさと本堂の真前を右折し、墓地のほうへ向かった。史家からの手紙の中の地図を頭に入れておいたのだろう。朔子は従った。

急な石段を滑りそうになりながら上ると、もうそこは墓石群の羅列だった。ふつうの墓所のように、各々が一坪なり二坪なりの広さを領していず、墓石のみがぎっしりと並んでいるのだ。それも、あっちを向いたりこっちを向いたりしている。通路はあるのだが、かっきりとした区画に沿って通っているわけではない。全体が樹木に覆われている感じだ。いたる所に樹々が生えているのである。その太い根が墓石を持ち上げそうになっている個所も見受けられる。

「どこに在るのだろう」

幹郎と朔子の思いは、先祖の墓へと集中する。

「ここだ！」

先に進んでいた幹郎が声を抑えるように言った。探し始めて間がなかった。二人とも雨のためにというより、樹々からポタポタと垂れてくる大粒の水滴よけにずっと差していた傘を、放り出した。

古い古い墓石が三基。通路と言えない土の盲道に、三基並んでいるのではなく、一基はこちらに、もう一基は同じ方向になのだが幾分前に、そして三つ目は最初のと直角をなす位置に在った。

墓石の形は、一基目と三基目は頂部が丸みを帯び、そのまますんなりと下部に向かってやや細くなり、蓮華《れんげ》座にすっぽりと納められている。

「古い！」

「古いわ！」

二人交わるぐ口をついて出るのは、こればかりだった。

墓石は苔むして、どれほどの雨風に曝されてきたかを思わせた。それに丸みのある一つは、中央が剔《えぐ》られるように欠けていて、朔子は衝かれる思いだった。

二人は荷物を傍らに下ろして、いよいよ一つ一つの墓石に触れてみた。そして幹郎は早速、脇や裏に回って、刻まれた文字を判読しようと眼を凝らした。一つのには明暦二年と記されているのが判った。当主の墓石、その夫人のもの、そしてもう一つの欠けたのが誰のものか判らなかった。

「少なくとも四百年以上昔のものだね」

「そうね。こんなになってしまって」

「京都の曾祖父さんのずっと前だからねえ」

「でも、その頃はお参りしていたのでしょう。いつ頃から途切れてしまったのかしら」

「お祖父さんの頃までかなあ。だって、跡取りの伯父さんの妻である梅子伯母もよく知らないってことは……」

幹郎は淡々としているようだが、裡にはやはり込みあげてくるものがあるらしく、声はくぐもっていた。

「でも、四百年も経っているんですものね」

「たった四百年と言うこともできる」

「そうね。たった四百年で、血の繋がった者たちからも、こんなふうに忘れられてしまっている……」

木々の枝が足元に散乱し、墓石にまで手を掛け足を掛けしている。まずはそれらを取り払い、落ちている幅広い葉っぱをティッシュで拭き取ってみる。墓石の位置や傾きはどうにも手を施せないが、少しは整頓された感じになったろうか。

朔子は京都からずっと持ち続けてきた少しの花を、花立てがないので墓石の上に寝かせた。薄暗い中に仄明かりが点った。

幹郎はていねいに墓石を撫でている。心裡では〈見たこともない人たちよ、しかし、かつて大いに活躍した先祖たちよ。あなた方はこの福井に根をはって生きていたのですね〉とでもいうように。

日頃、先祖を敬うことが多いとは決して言い難い幹郎だが、掌を合わせていると衝きあげてくるものがあったにちがいない。

都会の人びとの渦の中に暮らして、ともすると押し流されている自分というものは、そこにポッと独り、突然変異の如く生まれたわけではない。生まれてくるからには、どこかに繋がりというものがなければならない。それが父母や祖父母や曾祖父母に始まる、もっとずっと以前からの縁ある人たちなのだろう。その人たちによって、わずかに自分の存在が裏づけられるのだろう。心が熱くなるのは、彼らから延々と続いている血のなせる業なのかもしれなかった。

朔子は、自分が他家に入ったとか嫁したといった意識は始めから殆どないのだが、それでも何十年と幹郎と共に暮らすことによって、彼の家と実家がごた混ぜになったような感じになっていた。


「こんな所にあったんだね」

「こんなふうとは想像もつかなかったわ」

「一体、ここは墓地なのか、それとも……」

幹郎は初めて周囲に気づいたといったふうに、

「それとも、無縁仏になっているようなこんな古い墓石は、仕方ないから寄せ集めにしたのかね」

と言いつつ、迂回して中程の幅のある通路に出て、そこを歩いていった。朔子も追った。一家く、四角く囲った、墓所らしい墓所もここにあることはあった。

無縁になってしまったたくさんの墓石は、動かしようも壊しようもないので、こうして掻き寄せられたのだろう。やはりそうだったのだ。それも、寺がいかに古いかということではあった。

「お寺の困りのものなのかもしれないね」

幹郎は複雑に笑った。

当時、先祖は大きな檀家ではあったのだろう。隆盛をきわめたといったことばは相応しくないが、鐘を寄進したりしていたということだから篤心の人たちだったに違いない。それなのに自分はどうなのだ。自分は何もしてきてない。先祖の意を継ぐことがなかった。自分までには数えきれない代を経てきているのだから。ポンと一足跳びに自分に責任や負いがあるはずもない。それは仕方がないことと思いながらも、幹郎は何がなし悲しい思いに陥り、がそれは責めといったものではなく、ただ、ひたすら時の流れを感じさせるものだったのだ。


いつまで居ても切りがなかった。

「再た来よう」

幹郎と朔子は漸く三基の墓に別れを告げた。

先刻、滑りそうになって上った短いが急な石段を下る時、すでにその石段は親しみのあるものに変わっていた。

本堂前に戻ってきて、正面で合掌した。その時、二人はこのまま帰途につくつもりでいた。京都の帰りでもあり、ひとまず行ってみて確かめようということだったのだ。それに、幹郎は、気にかけていた先祖の墓に参って、もうすべての力を遣い果たしてしまったふうで、その他のことには興味が持てなかったのかもしれない。

「でも、せっかく来たんですもの。この次再たと言っても、すぐには来られないでしょう」

朔子はこういう時、夫の深い心持ちを察しないわけではなかったが、この寺にもう少し身を置きたくなったのだ。

本堂の端の入口で脱いだ靴は、下足番の人に委ねられた。

二人は回廊に上がった。そこには、寺で働いているらしい数人の私服の人が細長い台を前に坐っていた。台の上には、寺のパンフレットや本、お守りやお札や蝋燭・線香などが置かれていた。

「改めて来た時にということだったけれど、やっぱりご挨拶しましょう」

「うーん。でも持ち合わせもまとまったものはないよ」

「少しは用意してあるわ」

お寺の御新造さんらしい人にちょっと声をかけると、その人は顔色を変えた。

「少しお待ちを」

慌てたふうに、どこへやら姿を消した。

何事だろうと、二人がキョトンとしていると、やがてその人は、住職を同道してきた。

「半田さんですか」

「はい。でも、京都のではありません」

「……」

「僕は三男の子なんです」

「どちらから？」

「東京からです」

「そりゃそりゃ」

「お墓を放っておきまして……僕も最近になって知ったんです」

「まあ、これを見てください」

住職は細長い台の上に積まれていた本の一冊を取り上げ、頁を繰って開いた個所を示した。

〝幽霊の片袖〟というタイトルが幹郎の眼にとび込んできた。ざっと眼を走らせた。

〝……寛文年間のこと。或る夜、この寺の和尚の枕辺に妙齢の美女が立った。半田家の娘である。「有漏《うろう》の妄念のため成仏できずさ迷っています。どうか、引導を授けて」と懇願するので、和尚は世の無常を説き、仏の慈悲にすがって煩悩を捨て、涅槃の境涯に入るよう諭した。娘は漸う安心を得、証に白襦袢の片袖をちぎり置いて去った。翌日、福井の半田家から和尚は葬式に呼ばれたので、昨夜のことを話してみた。それで棺の蓋を開けてみると、美しい死者の身に着けている襦袢の片方の袖がなかったのである……〟

このようなことが書かれてあった。

「分かりましたろ」

幹郎と言えば、初めは軽く受け取っただけのようだが、こうして本に載るくらいなのだと思ってみれば、思いもかけなかった感情が湧きあがってもくるらしかった。

昔々の娘が、昔々の物語りとしてではなく、自分と血の繋がりのある現実味のある人物に変じ、身辺に感じられてきたのだろう。

幹郎は、娘の顔貌を想像しようとするかのように傍らの妻の顔を意味もなく見遣った。妙齢とも美女とも遠いが、一瞬、錯覚に陥ったようだ。寺の御新造さんは老女だったし、朔子の他に女人が見当たらなかったせいもあろう。彼女の顔に、若い女の顔が二重写しになったのだろうか。朔子は実際血の繋がりはないわけだが、長い年月共棲していると、そういった区別も曖昧な感じがしてこないでもないらしい。

朔子にしたところで、半田家の話と言えば、典薬頭《てんやくのかみ》とか図書頭《ずしよのかみ》とか、もっとさかのぼれば、神護寺に祀られている和気清麿の和気氏から出ていて、皇室の医者であったという先祖が、いずれも男たちの話ばかりだったところへ、美しい女人の、しかも霊的世界の話が残されていたのかと、何やら心が和《やわ》らぐ思いがしたのだった。女人の話であることに、より近しい感じを受けたし、また、幽霊になってまで、この世の煩悩を断ち切るために教えを乞うたところに、いかにもまじめな、懸命な人柄を見た気がした。

二人は、〝幽霊の片袖〟の物語りの載ったその本を、血の通った証のように大切に持って帰京の途についた。

3

梅子伯母が言っていた福井駅から徒歩でも行けるもう一つの別の寺に、先に行くべきだったのかもしれない。なぜなら、幹郎の曾祖父までは京都に墓があるが、その先、つまり曾々祖父こそが、福井の地に眠っている血族の中では一番近い人だったのだから。そして行かないでは何やら落着かないのだった。

それで別の折、やはり京都への帰途、幹郎と朔子は行ってみることにした。福井駅までは前回と同じ道筋である。しかし、その寺の様相は瀧谷寺とはあまりに違っていた。街中に在るのはともかく、普通の住宅のような家の外から狭い階段を上ったところに御堂が在るとは言え、どうにも寺とは言いがたい所だった。そのうえ住職も不在で、と言うのは、学校の先生を兼ねているのだった。いや、むしろそちらのほうが本職となっているようでもあった。

そのうえ墓はそこになく、訳をきけば、福井地震の際に、全部を別の所へ引っ越しさせた由だった。二人の味気ない思いは容易に拭えそうもなかった。寺人の対応にもよろうか。遠く離れたその墓地へ案内するとまで言ってくれたのだから、そうとも言えまい。三国の瀧谷寺があまりに幽玄な趣を呈していたため、似たような佇いを想定してしまったのかもしれない。

しかし、それは寺や墓所そのもののイメージに関してである。やはり死者たちがどのように祀られているのか、どんな所に安らいでいるのかを思うのだ。それとて、幹郎や朔子たち生者の勝手な思いでもあるわけだが。


車で案内すると言うのを、歩いていきたいからと断って、二人は未知の土地を、道を歩き始めた。相当の距離があるらしかったが、どこへ行く時も、大概はタクシーに乗ったりはせず、バスにさえあまり乗らず、ひたすら歩くのである。まして見知らぬ地、車中の人となってあっさり目的地へ行ってしまうのは惜しまれた。分からないからこそ車を使うという人もいるのだろうが。

さすがに軽い足取りでとはいかなかったが、ついに墓地に着いた。そこは、なだらかな傾斜地も含めた展けたところで、白っぽい墓石ばかりが所狭しと並び建っていた。都会によく見かける索漠とした石の羅列に西陽が差し、周囲には樹木もなく、まさに〝墓の団地〟といった態そのままだった。ただ、遠景はのびやかだったし、第一、車できて「はい、此処ですよ」と示されるよりは、徐々に近づいていったことに、いくらかでも余情のようなものを抱かないでもなかったが。

半田家の墓石を探し当てた。

「どうやら、女の人ばかり入っているようだね」

幹郎は刻まれた文字を判読しつつ言った。

梅子伯母は長男の嫁として、先刻のあの街中のお寺だけを、京都以外では唯一と思ってきたようだった。つまり、たった今、眼前にある墓処にこそ先祖の皆が入っていると思い込んでいたのだ。

「それでは、曾々祖父さんはどこに？」

朔子の問いに、幹郎は首を捻ったりはせず、

「足羽山《あすわ》にあるらしい」

とすらりと答えた。

資料・文献やらでずっと調べていたらしかった。

「と言っても、ここも、その足羽山の端のほうに当たるわけだけどね」

「そうなのね。そうしたら、もっと上の方に別の墓地があるということ？」

「それが、よくは分からないんだ。どういうふうになっているのか」

二人はこの墓の大団地の中の、女人ばかりが一緒に眠っている墓石に、乾いた少しの愛着を感じ始めた頃になって、先を急ぐことにした。再び歩きだし、尾根伝いのような所を進んでいった。

「足羽山ってずいぶん広いのね」

「そうだね。いい山だ」

ポツポツ話しながら歩き続けているうちに招魂社に出た。立派な社だった。それぞれ財布から小銭を取り出し、掌を合わせる。どこのお寺や神社に行っても、通りかかっても二人はそうする。別にそうと決めたわけでもなく、特別、宗教心が篤いというわけでもない。しかし、御座《おざ》なりというのでもない。一体、この気持ちや行為は何なのだろう。日本人の多くがそんなふうにしているのかもしれない。無自覚とか理念を超えたところの、曖昧ではあろうが自然の発露に身を委せるといったところであろうか。

幹郎も朔子も若い頃は少し違っていた。

「富士山なんてぶっ潰しちまえ！」

プノンペン駐在から数年ぶりで帰国してしばらくの間は、折に触れてそんなことも叫ぶが如く呟くが如く言っていた幹郎も、いつの間にかそういうことは口にのぼらせなくなった。逆に富士を愛でるふうにさえ近頃ではなっているのだ。

朔子は思う。幹郎とは異なる考え方も自分には少なくないが、こうして神社仏閣や小さな祠にもおのずと拝するところに二人の共通項の一つがあるのかもしれない。それは合掌する形にではなく、その内容にである。互いに何を拝んだかなどはむろん口にしたことはないが、同じような心をもって同じようなことを、に違いなかった。具体的な事柄もなくはないだろうが、それよりも万物への祈り、そして何よりも自分自身の心へ向けての祈りではなかったろうかと。

「この辺りのはずなんだがな」

幹郎は自信なさそうに言った。

そこは御社の側の鬱蒼とした樹木に覆われた土手状の傾斜地である。

「こんな所に……」

朔子は信じがたかった。

御社を回りこんでいる道路からは、注意して見上げなければ、そこに何か在るとはとても思えなかったのだ。

幹郎を先に二人は道路からふとした小径に逸《そ》れ、その傾斜地に入っていった。細い通路が道路と平行して通っていて、両側に確かに墓々は押し黙って在った。平地ではないのでほとんどが危なっかしく建っている感じだった。そのうえ、あっちを向いたりこっちを向いたりといった印象を与える。

しかし、一つ一つの墓石をよく見れば案外ちゃんと建っていて、花など供されているのも見受けられた。

いずれにしても墓地と言うには狭すぎ、しかし狭いことよりも、何か特殊な雰囲気が漂っているふうでもあった。

さて、曾々祖父の墓は、と心急く間もなく、

「ここだ！」

幹郎が些か興奮したのだろう、押し殺した声を発した。

垂れ下がった灌木の枝や丈高い草々に触れるようにして、古い墓石と、すぐ隣りに碑文を刻んだ大きな石碑が建っていた。二人は夢中で邪魔になっている蔓などを払いのけ、見通しのいいようにした。すっかり現われた苔むした墓石と石碑は、ただの路傍の石から確固とした表情を持ったものに変わった。

幹郎は黙々と墓石にこびりついた汚れをこすっていた。汚れは表面ばかりでなく、石の内側から滲み出てきているとさえ思えるほど深いものだった。長い間、放って置かれたことを憤っているのだろうか。いや、そんなことに腹を立てるような人でなく、もっと毅然とした、しかし、寂寥感だけはどうしようもなくあったのだろうと思われた。

「こんな所に居たのか、曾々祖父さんは」

手を休めた幹郎は深く嘆息した。

「どうしてお祖父さんだけ、こうしてお墓が別なのかしら」

手伝っていた朔子が言った。

「この碑文を読んでごらん」

「読み取れないわ。あ、松平春嶽という人が書いたことばとだけは分かる」

「曾々祖父さんの死を悼んで、福井の殿様が書いたんだよ。御殿医だったから」

医者として近く接していたことからだけでなく、その人柄を深く愛していてくれたらしいことが、読解できるだけの文面からも伝わってくる。その人が、こんなふうに誰にも忘れ去られているなんて……口には出さないが二人ともに思いは同じだった。瀧谷寺のように四百年以上も昔のことではないにもかかわらず、と。


「お花もなかったわね」

「うーん、仕方ないな」

言いつつ、ふと眼を転じた先に、朔子は小さな白い花片がほんの二、三輪開いているのを見つけた。若緑の葉ばかりが勢いよく繁茂して、こんもりとした枝がすいーすいーと伸びているその先のほうに花はあった。

「あれ」

幹郎もすぐに認めた。

「何の花かね。寂しい感じだけど、いいね」

「多分、白山吹って言うのだと思う」

「山吹？」

幹郎は眼を輝かせた。山吹が好きなのである。むろん、あの黄色い山吹をである。しかし趣は異なるが、白い山吹も山吹は山吹、深く感じ入ったように白い花を眺めていた。

朔子はもう大分前になるが、幹郎と共に太田道灌の墓を神奈川県に訪ねていったことを思い出していた。〝七重八重花は咲けども山吹の実の（蓑）一つだになきぞ悲しき〟の和歌は有名だが、秀れた武将であると同時に、和歌にも秀で、そして策謀によって暗殺されてしまった道灌。幹郎が山吹を好むのは、この人と無関係ではないのかもしれないとも思うのだ。

朔子は幹郎の横顔をそっと見た。そして感じたのだ。彼は口にこそ出さないが、〈この白い花は、曾々祖父さんの魂かもしれない〉

そう思っているに違いないと。そういうふうに思うのが幹郎なのだ。

木隠れの薄暗い墓処に、ぽっぽっと白い炎を燃やしているように花開いた白山吹。いまは仄かな寂しさのみを漂わせている。しかし朔子は知っていた。いっぱいに花をつけた時には、その楚々たる美しさ、華やかさが人を惹きつけずにはおかないことを。

二人がここを去ってから、人知れず花は灯りを点すのだろう。

〈お墓は要らないわ。できたら素焼きの壺にでも骨のたった一片を入れて、庭の隅に埋めて欲しい。そして、いつでも思ったときにその前に立ってくれればいい。庭になんて気味悪い、とんでもないと思うかもしれないけれど。飼っていた猫や小鳥が死んだ時にはそうしたわ。あれとまったく同じなのよ。それだって、どうしてもということではないの〉

朔子は自分の死後のことについて、そんなふうに考え、子どもたちに対して、折がくれば言おうかなと思っていた。幹郎がお墓についてどんな考えを抱いているのか訊いたことはないが、彼女自身にとっては、それが一番自然なやり方と思えていたのだ。

ところが、京都の墓はいざ知らず、福井の瀧谷寺、足羽山の墓処などに出会うことによって、考え方に些か変化を来していたのかもしれない。いや、自分のことは別においても、お墓というものは、やはり在っていいのだろうと思うようになっていたのを否定できない。

この世に生まれて、生きて、死んでいった人に思いを巡らすよすがとして。そんなことは墓などなくてもできる、というような言い条とは少し違うように思われるのだ。

死者はいいのだ。生きて死んだ、それ以外に、死後に何を残そうというつもりもないだろう。生者もまた、生きて、やがて死ぬことにおいては同じことだが、しかし、そこに生者と死者を繋ぐものは必要なのだ。それには、生者のほうにその責務はかかってくると言っていいのだろう、と。

曾々祖父の墓処を二人は離れ難かった。幹郎のほうがよりその気持ちが強かったにちがいない。にもかかわらず彼は、

「さあ、去《い》こうか」

とふつりと言った。

「もう？」

朔子は一瞬、案外だなと思った。しかし、

「こんど来る時には、掃除の道具を持ってこよう」

そのことばに、もう次の機会を考えている幹郎の心をよみとったのだ。

幹郎の生まれた所は札幌、育ちは湘南と千葉、そして海外駐在の間をのぞけば、あとはずっと東京に住んでいる。朔子のほうもまた東京郊外に生まれ、成人し、あとはほとんどを、その周辺をぐるぐる巡っていただけのことだった。そして結婚によって居場所はほぼ定まってしまった。

共に、特別の故郷意識は抱いていなかった。

東京もむろん、そこで生まれたのであれば当然故郷となる。しかし、日々、押し流されるようにして暮らしていると、自分がどこの人間かなどと考えなくなってしまう。その改めて考えないような場所、そここそが自分たちの居場所と思っていた。

しかし今や、幹郎にも、そしてその彼と歩んで二十有余年にもなる朔子にも、この北陸の地は京都に加えて心のよすがの地となりつつあったようだ。何か不安定な心情に陥ったとき、あるいは多くあることではないが、喜ばしい事が起こり心が昂揚したようなときはむろん、何かにつけて京都に足を運んできたが、そんな時、この地もまた二人の脳裡に浮かぶのだろう。

墓所を去り、幹郎と朔子は足羽山をそぞろ歩いた。茶店や土産物屋の在る所へ出た。花時を過ぎた茶店は皆閉じられていて、たった一軒開いていた店にも、お客は一人も見当たらなかった。しかし、おでんや甘酒やその他のいくつかのメニューを書いた看板も掲げられて、現に店の小母さんは外からも見える所で鍋に箸を入れていた。

二人の様子を見てとると間を置かず、

「どうぞ、あそこへ」

と言うのである。

店とは目と鼻の先ではあるが、いくらか坂を下った所に建つ一軒の家を示した。玄関も窓も開け放たれていて、一見ガランドウのようにうかがえた。

「あそこに上がって待っててください」

と言われるままに行って靴を脱いだ。

畳敷だ。窓際につけて大きな卓が置かれてあった。向かい合って座ってみると、思いがけず見晴らしがきいている。

「まるで貸し切りだね」

「花の盛りには、いっぱいの人だったんでしょうけれど」

小母さんが、お盆におでんの皿と銚子を載せて上がってきた。そして思いのほか口数少なく「どうぞ、ごゆっくり」と言って去った。

幹郎は早速お猪口を口元に持っていきながら、ふと呟くように言った。

「曾々祖父さんたちも、ここらで、こうして飲んだりしたのかもしれないね」

「きっと、そう」

「いいなあ」

「この次はお花の頃に来ましょうね」

朔子は往路に見た足羽川の土手の桜並木をも思い浮かべて言った。

庭の千草

1

♪庭の千草も　虫の音も
　枯れて　寂しくなりにけり

「母さん、また歌ってる」

「レーコちゃんも、いっしょに歌いましょ」

母娘は、いつの間にか声を和していた。

母親の奈枝は、凛として涼しげな、それでいて柔らかみのある声で、そして、小学校三年生の娘の麗子は、やや細いけれど高く澄んだ声で。

二人のハーモニーは、古いが広々とした家内を、隅々まで流れ充たしていった。

母娘は顔を見合わせ、つと眼を逸らせた。共に涙ぐんでいるのだ。母は何を思ってか、娘もまた同様に何を思うのか――。あるいは、歌いあげているときの和音の美しさに、自ら感極まっていたのかもしれない。

「まあ、まあ、いいこと！　上手だこと！」

離れにいた祖母の佐和が、渡り廊下を伝って広縁に顔を出した。

「お祖母さまも、ごいっしょに、どう?」

「あら、わたしはもうダメですよ」

「そんなことない。知ってるわ、時々、オルガンを弾きながら歌ってるの」

広縁の戸袋の前に据えてある、オルガンを指して孫娘が言った。

「あら、聴かれていたのですね」

「〝天然の美〟でしょ。♪空にさえずる鳥の声、峰より落つる滝の音……母さんのは可愛らしい声」

奈枝も言い添えた。


「それはそうと、お庭の草花も大分少なくなってしまいましたね」

佐和は庭に眼をやりつつ嘆じた。かつて華道の師匠をしていた彼女は、いつも花々や草々のことが気になっている。

「ほんとう。でも、菊はまだ咲いていますよ。床の間やお玄関にも生けていただかないと」

奈枝は、老いた母親を元気づけるように言った。

「ええ、ええ。でも、こうやってお庭に咲き残っているのを眺めるのも、いいものですね。長い間、お花ばかりをいじってきて……鋏を入れて、形創っていくのもいいけれど」

佐和は、その小さな背を丸め、いっそう小さく見せていた。

お茶の間の長火鉢の前に正座している時など、上体をしゃんと伸ばしているせいか、もっと背丈のあるように思えていたのだけれど、と麗子は別人を見る思いがした。

「母さんはお花も、お琴も、お裁縫も、なんでもできるのですもの」

奈枝の佐和を讃えることばのうちには、羨みの感情も含まれているようだった。しかし、彼女はこれっぽっちも、〈わたしは何もお稽古事などさせてもらえなかった〉などと思ってはいない。夫と若くして死別し、女の身で自分を育てあげてくれた母親には、ただただ感謝の念でいっぱいだったのだ。

「なんでもなんて……家はあまり豊かではなかったけれど、習い事はさせるといった武家の家風だったのでしょうね」

佐和は、はるかに過ぎ去った日々に思いを馳せている様子である。

「レーコちゃんも、そのうち、お祖母さまにお花を教えてもらうといいわ」

奈枝のことばに、「あら、もう習っているのよ」と麗子はちょっと得意げに答えていた。

「そうだったの」

「いえ、ほんの少し、手ほどきをしてあげただけですよ」

佐和は、勤めている娘に遠慮するわけではないが、多少の思いやりをみせて言った。

「これが主体、これが副体、……」

麗子は、床の間の前に新聞紙をひろげ、枝ぶりの大きなものをしなしなと撓《たわ》め、剣山にザクッと刺し込み、その傍に季節の花を添え、次第に均衡のとれた美しい作品になっていく過程を見ていて、祖母は手品師のようだと思った。

生け花の花材は、花屋や近隣の植木屋や農家などから調達してくることもあるが、家の庭にも椿、山茶花、染井吉野、山桜、沙羅、源平卯木《うつぎ》、雪柳……といくらでもあった。しかし、それらの多くは、生け花にすると、豪華ながら一瞬の美に輝いて終わる。一方、廊下の端につるした花瓶や、ご不浄の小棚の一輪挿しにそっと投げ入れられた水仙や竜胆《りんどう》、水引きなどの小花には、目立たないがひっそりとした美しさがある。麗子は子ども心に、その佇まいに惹かれた。


奈枝の留守の昼間、五つちがいの兄の透は家を外にしていることが多く、佐和と麗子は二人でいる時がほとんどで、そんな時、祖母は孫娘に問わず語りに、あれこれと話をしてくれた。

「安達《あだち》の嬢ちゃんは、それは可愛いお子でしたよ」

佐和の華道の流派は安達式で、嬢ちゃんとは、後に家元を継ぎ、テレビなどにも出演するようになった黒髪をひっつめた、その名のとおり美しい瞳の女性、安達瞳子《とう》さんのことのようである。


麗子は、お琴も少し手ほどきを受けていた。白い象牙の爪を五指に嵌《は》め、強く張った弦を爪弾き、左手の指先でその震える弦を押さえると、ビーンという張りのある、そして、ちょっぴり悲しげな余韻を残す音が流れ出た。その折の喜びを彼女はすでに味わっていたのだ。

「お祖母さまのは、山田流って言うんですってね」

麗子はそこまでは奈枝に告げたが、習っているとは口にはしなかった。そういう機会のなかった母の気持ちを察してのことではないが、どこかで、嬉しげに告げるのがはばかられた。いつも忙しそうな、じっさい暇といってない母なのだから。

奈枝は、小学校の教師である。

麗子の生まれた時から、いや、兄の透の際も、勤めながらの出産だった。母親が家にいないのが当たり前と思って、麗子はなんの不満も抱かなかった。だからと言って、彼女がお祖母さん子とも言いきれないのだが。

〈もうすぐ母さんが帰ってくる〉

外で、また家内で遊び疲れた夕方、麗子は、急に母のうえに思いがいき、家の前の南へ通じている一本道を、唐突に駆けだしていくことがよくある。

小川の流れに架けられた、やや小高くなった石橋の辺りで、彼方から人の姿の現われるのを、胸躍らせて待つのである。彼女は眼をこらす。武蔵野の片隅の地ゆえ、勤め帰りの人は少なく、遠く黒い点を認めると、あれは母さんにちがいないと、「あ」と声を洩らす。そして、すぐに落胆させられる。

〈まだ、少し早かったかな〉

麗子は、石橋の上から、夕焼けにくっきりと薄墨色に形どられた富士山に眼をやった。

〈小さいけれど、なんて美しいんだろう〉と、その右手の秩父連山の厳かな鎮まりが、いっそう興を添えていることには、いつもの眺めなので改めて思いがいかない。

はっとした麗子は、道の彼方へ視線を移した。黒い粒が現われた。それだけで、こんどこそ母と分かった。〈母さんだ！〉彼女は夢中で走りだす。運動靴が脱げそうになるのもかまわず、脚を止めない。母の姿は次第に大きくなる。大きめのバッグと晩ご飯のお菜の入った袋（なのだろう）とを両手に提げている。

母娘は道の真ん中で出会った。

「レーコちゃん！」

奈枝は、ニッコリと極上の微笑を娘に投げかけた。麗子はもう嬉しくて嬉しくて、母の片方の手の荷物をひったくるようにして持った。

「ありがとう」

疲れきっているにちがいないのだが、そんな様子はいっさい見せず、奈枝は、「お迎えにきてくれたのね」とやさしい声で、自分の教えている生徒たちと乙甲《おつかつ》の年齢のわが娘を包んだ。

麗子はもう、恥ずかしくなるほど心が昂揚して、スキップさえしたくなる。母娘は互いに空いている手をつなぎ、家路を辿っていった。


「ただいま！」

奈枝は、玄関から内へ向けて明るく声をかけた。

「あら、お帰りなさい。レーコちゃんも一緒だったのね」

夕食の支度中の佐和は、台所から、その小さな躰を覗かせた。

「母さん、きょうもありがとうございました」

奈枝のことばはおざなりではない。

「あなたこそ疲れているでしょう」

佐和もまた、終日働いてきた娘の躰をいたわっている。

「あとは、わたしがしますから」

奈枝は、茶の間の隅の押入れに向かい、着替えを始めた。少し目眩がするが、それはいつものことで珍しくもない。

麗子は母と話がしたい。奈枝の色白のすらりとした躰が、するすると普段着をまとっていく様を見つめ続け、その機会を見つけていた。そこへ、透も勉強部屋から出てきて、母に向けて話しかけようとした。中学生の透には、妹のようになんとなくではなく、話すべきことがあったのだ。そのことに気づかない麗子は、「母さん、あのね、きょうは……」と強引に自分のほうへ母親の関心を向けさせようとする。そこへ、佐和も台所からやってきて、留守中のあれこれを報告しようとした。

奈枝は笑いながら皆を制し、それでも、それぞれの言うことを、上《うわ》の空ではなく、ちゃんと耳に入れていた。

「さあさ、早くご飯にしましょう。お腹空いたでしょう」

奈枝はそそくさと身仕舞いをすませ、台所へと先に立った。彼女につれて一同、食堂の各自の席に着いた。

「ちょっと待ってね」

奈枝は、先刻駅前で買った包みを開き、鯵フライとコロッケを銘々皿に移し、刻んだキャベツを添えた。そして、深鍋には、佐和の得意料理の一つである薩摩汁が湯気を立てていた。

「さあ、いただきましょう」

一家の主の玄一郎は毎晩のように帰宅が遅いので、四人で先に食することのほうが多かった。簡素な食事だが、透も文句を言わない。麗子などは、薩摩汁がメインに思えるほど好んでいた。少量だが豚肉のこま切れが入っているし、柔らかくなった里芋に味が染みこんで、また、葱や蒟蒻《こんにゃく》、豆腐と具だくさん。それに、寒くなり始めた季節にはもってこいである。

「馬鹿の三杯汁か」

透は、自身に向けてそう言いながら、お代わりの椀を出している。そして、「美味いが、どっちかって言うと僕は巻繊《けんちん》汁のほうが好きだな」とつけ加えた。

「そう、わたしはやっぱりこっちのほうが」

麗子も負けていない。

「レーコちゃんは、里芋の皮をむいてくれたんですよ」

佐和が奈枝に告げた。

「まあ、偉いこと！　そうね、もう、少しずつ出来る年頃になったのね」

麗子は、母のことばが嬉しく、こそばゆい。彼女は、祖母を手伝うというよりは、間接的に母を扶けているのだという思いのほうが強いのだ。

漸く佐和も透も麗子も、食べながらではあるが、奈枝との会話が叶い、その和やかな雰囲気は、暗めの電灯の下でも、明るく甘く漂っていた。

2

玄関のドアの開閉する音がした。

「あ、お父さんよ」

奈枝は直ぐ箸を置き、慌てて出ていった。

「早いんだな」

透がボソリと呟いた。それだけでなく、彼はもう、椅子を引いて中腰になっている。

「こんなに早いと思わなかったので、お先にいただいてました」

奈枝の、申しわけなさそうに弁解している声が聞こえてくる。

〈いつだって遅いんだから、そんなに卑屈にならなくってもいいのに〉と透の感情はふくれあがっている。

当主・玄一郎は無言のまま、二階の自室へ足音高く上がっていった。妻は鞄を持ってその後についていった。

玄一郎が着替えをして降りてきた時には、すでに透の姿は食堂になかった。

「お酒は？」

席に着いた夫に妻はきいた。他所で飲んで帰らない場合は、家で飲むのを欠かさない。

「いや」

玄一郎は一言否定しただけだ。

また胃の調子がよくないのだろうと奈枝は察して、「ちょっと待っていてくださいね」と言いつつ、薬茶を玄一郎の前に置いてから、大急ぎで小鍋で粥を作った。手をつけるかどうかとハラハラしている妻をよそに、夫は食卓上の一通りのものは食し、ほとんど口をきかず、再び二階へ上がっていってしまった。

その間、佐和と麗子は箸を扱ってはいたが、味わうことなく、ただ呑みこんでいたにすぎない。

「お母さん、まだ、食べ終わってないでしょ」

麗子が言った。

「ええ、これからいただきますよ。母さん、どうぞ、お先に」

「そうお。どういうんでしょう、ほんとにイヤな感じ」

佐和は玄一郎のことを一言言って、「それでは」と茶の間へと去った。

「レーコちゃんも、ね」

「ええ、でも……」

麗子はもじもじしている。

「宿題すんだの？」

「ええ、とっくに」

麗子は、いつまでも母の傍らにいたいのだ。

それに、食後の食器洗いぐらい自分にもできると思ってもいた。

「お父さん、また、具合が悪いのね」

「そう、どうも胃の調子が……ね。でも、レーコちゃん、心配しないでもだいじょうぶよ」

「あの、きょうね、学校で、先生からお兄ちゃんのことときかれたの」

「え、あなたの受け持ちの先生に？」

「ええ、女先生に」

「それで、何て？」

「中学校へちゃんと通っているか、って」

「そうなの……」

麗子は、母の表情が一瞬翳るのを見逃がさなかった。

「はい、ちゃんと学校へ行ってます、って答えた」

「そう。ありがとう」


透は、国民学校卒業と同時に旧制の中学校を受験し、合格した。しかし、太平洋戦争もいよいよ激しくなり、そのため一家で東北の塞村へ疎開することになった。これから勉学が始まるという時に、出鼻をくじかれてしまったのだ。

もちろん、透だけでなく皆同様だった。敗戦後帰郷し、中学へ復学した透には、勉学の遅れが明らかなようだった。ふつうに通学していたし、どこがどうというわけでもなかったのだが、奈枝が不安を覚えているのは確かだった。

〈先生に会いに行ってみようかしら〉

奈枝には、前々からそんな思いが過っていたのだが、小学校の時の担任に会って、何を話そうというのだろうと思い直しているうちに、日々はあっけなく過ぎ去っていっていたのである。

「あら、もうこんな時刻。レーコちゃん、お風呂にお入りなさい、お祖母さまと一緒に。今晩はお父さんは入らないでしょうから」

「はい」

麗子は、もっと奈枝と二人でこうしていたいのだが、母には、明日に備えてすることがたくさんあるのを知っているので、素直に頷いた。

それにしても、母はいつの間にお風呂を沸かしていたのだろう。焚き口に次から次へと薪をくべ、火吹き竹でフーフー吹くのは、透の役目になっていたが、最近、彼はその仕事をあまりしなくなっていたようだ。入浴そのものも、気の向くまま、その時々の勝手にしていた。家族は、夏は夕食前、寒くなってくると、食後、あるいは寝む前に入るのが習わしになっていたのだが。

麗子は思い浮かべていた。空襲によってガタガタになってしまった家の浴室を修繕し、なんとか入れるようになるまで、戦後しばらくの間、銭湯へ通っていた頃のことを。

奈枝が勤めから帰宅し、夕食を済ませてから出かけるのだ。十二、三分ほどの夜道を、駅近くの風呂屋まで歩いていった。夏の夜もあったが、冬の凍てつく夜ばかりが思い出された。

戦時中使った防空頭巾をすっぽりかぶって、手には石けん、手拭い、糸瓜を入れたアルマイトの洗面器と、着替えの下着を包んだ風呂敷包みを提げて。

奈枝は立ち止まり、夜空を見あげ、

「ほら、レーコちゃん、ひしゃくの形をした七つの星があるでしょ、あれが北斗七星よ。そしてWの字の形をしたのがカシオペア」

などと澄んだ声音で教えてくれた。

大小の星々が空一面に散らばっていた。時にくっきりと、時にうっすらと、天の川も幅広く白い帯を流していた。

歌も唄った。母娘の柔らかく、よく合った浄いハーモニーである。

「寒いでしょう」

奈枝は娘を気遣ったが、麗子は寒いなんてまったく感じなかった。母と共に歩いていることが嬉しくて、自ずと脚も躍っていた。

「お祖母さま、お風呂」

麗子は茶の間へ行き、長火鉢を前にして、猫板の上の七つ道具を、例によってあちこちしている佐和に呼びかけた。

「あら、レーコちゃんもいっしょに？　ありがとう。それではお支度を。ちょっと待ってくださいな」

そう言いおくと、佐和は下着の替えを取りに離れの自室へ向かった。しかし、なかなか戻ってこない。

〈どうしちゃったのかしら、お祖母さまは〉

麗子は痺れをきらせ、薄暗い長廊下を小走りに、離れを覗きに行った。

「お布団敷いてたの？」

「ええ、こうしておかないと、お風呂から上がってからでは湯冷めしてしまうでしょう」

佐和は、昼間、主婦代わりをしているので疲れ、早々に床に就く習慣になっていた。ほんとうは、奈枝といろいろ話したいのだが、〈あの娘も、とても疲れているようですし……〉と、とりあえずその思いを引っこめているのだ。


先に浴槽に浸かりつつ、背を屈めて入ってきた佐和の裸につと眼をやった麗子は、お祖母さまはなんだか小さくなったみたいと感じた。しかし、その髪はまだ黒々としているし、躰にも艶がある。彼女は、まだ六十歳にも手の届かない年齢なのだが、孫から見れば、やはり祖母は祖母なのだろう。

「お祖母さま、お背中、流すわ」

「ええ、なんだか痒いところがあって」

「どこ？　あ、ここ赤くなってる」

「そうお、そこばかり掻いてしまうので」

そこは赤いだけではなく、ザラリとした剝きだしの皮膚になっていた。

「こすったら痛いでしょう」

「いいえ、かえって気持ちがいいのよ」

「でも……」と麗子はそっと気をつけながら、しかし、祖母の気に合うよう程々に力を入れるのを忘れなかった。

「ありがとう。こんどはレーコちゃんの番」

「あたしはいいの。ほら、こうやってできるから」

麗子は、手拭いに石けんをたっぷり塗りつけ、両端を持って、自分のうすっぺらな背中をキュッキュッと左右してみせた。

「そう、そう、それでいいわ」

佐和は慈しみの眼で孫娘を見やった。


「ああ、いいお風呂でした。奈枝さんも早くお入りなさい」

佐和はそう言って、すぐ自室へは行かず、一旦茶の間に坐った。

奈枝はなかなか入浴の段にならない。明日の朝食の一応の段取り、そして教材の準備もある。それより前にと、夫の具合を見に二階へ上がっていった。

「だいじょうぶですか」

声をかけたが返答がない。どうやら眠っているようだ。彼女はほっとして、静々と階段を下り、次に透の部屋へ向かった。

「透さん」

そっと呼んだが、夫と同じく返答がない。再度呼んでみた。

「うるさいな」

「お風呂は？」

「あとでいい」

「そう」

奈枝はそれ以上言わないで、食堂へ戻りがてら茶の間を覗いた。佐和の姿がまだそこにあった。

「あら、レーコちゃんはお部屋かしら」

「さあ。ちょっと前までここにいましたけれど」

「そう。母さん、湯冷めしないように」

奈枝がそう言いおいて台所へいくと、麗子が洗った食器を拭いていた。

「まあ、ありがとう。でも、もういいわよ」

「明日のお支度だけ」

麗子はそう言って、拭ったお椀やお茶碗を食卓の各自の席に並べた。いつもするとはかぎらないのだが、母の役に立ちたいという彼女の思いは、子どもの気紛れのようでありながら常にあった。

「レーコちゃんも、風邪を引かないように」

奈枝はそう言うと、まだ印刷物やノートなどをそこにひろげて、あれこれするつもりでいたのだが、娘がせっかく食卓にセットしてくれたのだからと、一旦そこで区切りとした。

「さあ、わたしもお風呂に入りましょう。お湯、さめてしまうでしょうから。レーコちゃん、早くお寝みなさい」

奈枝は脱衣所へ行ったが、脱いだ衣服を、脱衣籠にていねいに畳み置く力もないくらい疲れきっていた。それでも、母親に似ず、スラリと背丈のあるその色白の躰に湯をかけ、漸く湯船に浸かった。

「ああ」と嘆息がもれた。固まった全身が弛緩《しかん》し、凝った気持ちがほぐれていく気がした。

それも束《つか》の間、「なえー」と鋭く呼ぶ声がいつ聞こえてくるかもしれないと思うと、彼女はそそくさと躰を洗い流し、眼に見えないものに急かされて、あわただしく浴室を出た。寝巻きに着替え、このままスイと布団に滑り入ったらどんなにいいだろうと思うが、まだまだすべきことはあった。と言って、自身の顔の手入れなどにはほとんど手間をかけなかったのだが。

「透さん、お風呂にお入りなさい」

奈枝はそう声をかけておいてから、再び食卓の前に座った。すでに茶の間に佐和の姿はなかったが、彼女にとって食堂が自分の部屋のようなものだったのだ。

生徒たちの一人〳〵を思い浮かべ、きょう一日、あの子たちに問題はなかったか、ひっかかってくるものはなかったかと点検する。そして、書かせた作文に眼を通しながら、それぞれがどんな状況や気持ちにあるかを察しようとする。そういったことは、帰途の車内でも、もちろん職員室でもしていることだが、ひとたび家路を辿り始めると、自ずと家のことが、自身の子どもたちのことが、奈枝の脳裡を占めてくるのだ。

〈透は近頃、あまり口を利かなくなってしまったけれど、難しい年頃にさしかかっているのだし、大人になりつつあるということかしら。レーコのほうは心配ないわ。漆黒の艶々したお河童の髪と、クリクリした瞳の愛くるしい顔！　細い眼と薄い肩のわたしとは全然似てないのね。ほんとうに、わたしがあんな女の子を産んだのだわ。ふしぎだこと！〉

子らが赤ん坊の時から、自分は勤め続けているが、これでよかったのかと、奈枝の行きつくところは、いつもそこにである。

躰の弱い夫に、経済的にすべてを頼るのは申しわけないと思っているのは確かだが、必ずしもその理由ばかりではないということは、彼女自身分かっている。社会に出て働くことを強く望んだり、また、自分が向いていると思っているわけでもない。ただ、生徒たちに接するのが楽しかった。それも、中学生や高校生ではなく、小学生であることがなおさらであった。

あれこれの思いに耽り、奈枝がふっと前方に眼を向けると、石橋の辺りに小さな人影を認めた。たちまち麗子と分かった。懸命に母親の帰りを待つ姿に出会うたびに、彼女は、

〈ああ、わたしは罪なことをしているのかしら〉

と自分を責めずにはいられなかった。が、それでも勤めを辞めようとせず、ここまで来てしまったのである。

〈母さんのお蔭、母さんの扶けがなかったらできないことでした〉

奈枝は、佐和にずっと頭を下げ続けている。それは、女学生時代からのことだ。元はと言えば、三、

四歳で父親を亡くし、母親一人の手で育てられたことに始まっている。「母さん」「奈枝さん」と互いに呼び合い、波風ひとつ立てず穏やかに暮らしていた。父の味も、兄弟の味も知らず、家庭とはこういうものとしか思わなかった。

佐和の弟である叔父がいて、「なえちゃん」「なえちゃん」と可愛がってくれた。テニスをしたり、あちこちへ連れていってくれもした。それで充分だった。

父親をほとんど知らない娘を不憫《びん》に思って、佐和がやさしくしていたわけではなかった。むしろ厳しかったくらいである。片親のせいで他人様に後ろ指を差されてはならない、という母の思いを、奈枝が解ってきたのは、少しく成長してからのことだ。幼い頃から、行儀作法はもちろんのこと、近所の家へ遊びに行き、お菓子などをいただいて帰ったりすると、「いけません」と強く言われたものだ。

〈どうして？〉

そう思いはしたが、奈枝は佐和の言うとおりに素直に従った。母親の言うことはすべて正しく思えたし、たとえそう思えない場合でも、逆らうなどということは考えられなかったのである。

奈枝は振り子時計に眼をやり、〈あら、こんな時刻！〉と漸く椅子を引いた。明日着ていく服装は今日と同じ。でも、ブラウスは洗ったものを、と頭を過るのはそのくらいだ。それより、透の部屋の前にそっと佇み、〈早くお寝みなさい〉と声には出さず言って、それから麗子の寝ているところへいき、枕元のランドセルを音を立てないように開き、明日の教科書類がちゃんと入っているかを確かめた。

〈お母さん、まだ起きてる。心配しないでもだいじょうぶなのに〉

麗子はうとうとしているなかで、母の気配を察するが、眠ったふりをしていた。

奈枝は、自分の床に滑りこんだ。いろいろ考えることはあるが、幸いにして彼女の肉体は、もう考える余力を残していない。眠りに引きこまれながら、それでも彼女は何かに祈っていた。

〈今日も一日が無事に終わりました。子どもたちにも、母さんにも何事もなく……〉と。そして、夫の体調が不安だが、胃が悪いのは分かっていても、周囲の者の言うことを、なかなか耳に入れてくれない。それどころか、「うるさい!」と一喝。つまりは、自分自身しか信用していない人を、どうすることもできないのだった。

3

朝、心配されていた玄一郎は、常時に起きてきた。しかし、ほとんど口を利かないままに出勤していった。奈枝は夫を送りだし、次は自分の番である。身繕いは起床した時すでに済んでいた。多い髪を後ろで一つにまとめ、化粧なしの顔は鏡の世話にもならない。あまりの顔色の悪さに、時にはほんの僅かに頬紅を刷くこともあるが。

奈枝が何より気になるのは、透や麗子の家を出る時刻より、自分のほうが早いことだ。しかし、毎朝のことなので、思いとはうらはらに彼女はテキパキとしている。

「それでは、きょうもお願いします」

奈枝は、佐和に深く頭を下げると、思いを絶つかのように玄関のドアを押す。そして、茶の木にせばまれた小径を駅へと歩き始めた。

少し行くと、奈枝と肩を並べ、そして彼女を追い越していく女の人がいた。胸元に、臙脂《えんじ》色の革製蝶結びの飾りの付いた、同系色のワンピースに身を包み、ガルボハットを斜めにかぶり、中ヒールの靴をはいた足さばきも軽々と、武蔵野の朝の清澄な空気を喫って、背筋を伸ばして歩いていく。

その女《ひと》はまっすぐ先を見ていた。〈なんと初々しい若さを披露していることだろう〉と、後ろから行く奈枝は、たったいま交叉させている自身の歩みを、現実味のないものに感じた。と同時に、先を行く女の姿はかき消え、かつての自分と重なった。

十五年前、この地に嫁ぎ、挙式の翌日から職場にあった奈枝。それにしても、ガルボハットをかぶっていたなんて。しかし、少しも粋な気分に浸っていたわけではなく、単に、みながそうしていたからにすぎなかった。ワンピースは叔父からの贈りもの。ヒールのある靴は当たり前。バッグは小ぶりのハンドバッグではなく、教材などを入れた大きめの、むしろ鞄と言っていいものだった。

傍目《はた》にはどうあろうと、奈枝に洒落けはほとんどなく、ただ、包みかくせない若さがあったに過ぎなかったろう。なぜなら、彼女は結婚当初から、そのよろこびといったものをほとんど感じていなかったのだから。

奈枝は、元々、まだ結婚は早すぎると思っていた。いや、考えてもいなかった。しかし、相手の強引なまでの求婚に、いえ、母親を介しての相手であり、その強いすすめがなかったなら、彼女は頷かなかったにちがいない。

嫁ぎ先には、寝たきりの姑がいたが、その世話人としてではなく、留守番としてのみに、近所の知恵の少し足りない娘を頼んでいた。そして、

「お義母さん、行って参ります」

朝出かけには、新妻は、留守中の食事にはじまるすべてを準備しておき、夕方には、「ただいま、帰りました」と言っては、翌朝までのすべてを、たとえば病人を抱いて風呂に入れたり、着替えをさせたり、汚れものを洗濯したり、病床を調えたりと、力のかぎりのことをやりおおせていたのである。

やがて長男の透が生まれ、その五年後に女の子を授かり、そのまた五年後に姑は逝った。麗子の生まれる前後から、折にふれて奈枝の実母佐和が手伝いにきてくれていたが、ついに彼女は、華道の師匠を辞めて、本格的に娘の家族の一員に加わったのだった。

〈母さん、よく来てくれました。ありがとう。ほんとうに助かっています。けれど……〉

奈枝は歩きながら、最近の家内の雰囲気が気にかかってならなかった。母と夫の間に、険しい空気

が漂っているのを察していたのだ。始めのうちは、互いに遠慮があったのだろうが、次第に馴れて自我を出すようになると、ことに夫のほうが、何かといっては、佐和に辛く当たるようになっていた。

「母さん、ごめんなさい。我慢してくださいね。わたしがついているのですから……」

そう言って、佐和を宥《なだ》めることが多くなっていたのである。


奈枝は無人の木造駅舎に着いた。いや、時々は駅員の姿に接することもあったのだが、電車に乗る人がごく小人数なので、必要に応じてということになっていたのだろう。

改札を抜け、低いプラットホームで電車を待っている間に、奈枝の頭は学校へと切り替えられつつあった。間もなく、たった二両の玩具のような電車が、親しみをもって近づいてきた。

〈母さんも、子どもたちもごめんなさい〉

奈枝は裡で呟きながらも、「先生」「先生」と慕ってくる生徒たちのうえへと、思いは移っていった。

毎日が、このくり返しである。

4

日曜日。玄一郎は珍しく穏やかな表情をしていた。会社は休み。そのうえ、胃の具合が少しはよいということだろうか。

奈枝は夫の横顔を盗み見て、そう感じはした。と言って、こうして家で過ごすことを、彼が喜んでいるとも思えなかったのだが。

やはり、職場での大変さはあるにちがいない。ストレスなんていうことばは知らない彼女だが、夫はそのようなものを抱えているのかもしれない。機嫌を損なわないように、そっと当たらず触らずにしておこうと思った。

奈枝には、ふだん家に居ない分、溜まりに溜まったしなければならないことがあるのだが、透も麗子も母も、もちろん夫も揃っていることだし、家族みなの相手をしてあげようと心に決めた。いや、そんなふうに思わなくても、彼女は自ずとそうするのだ。佐和の愚痴に心ゆくまで耳を貸し、娘には寄り添って歌い、息子とはよく話し合ってみよう、と。

彼女の表情に翳りはなかった。


「家の衣替えをするぞ」

いきなり玄一郎の声がとんだ。

大きくは夏と冬、その間には微妙な季節の変化によってそのつど、家内の模様を替えるのは例年のことにもかかわらず、突然で、それに、当主の厳しい声音に家族一同緊張してしまう。

いまは冬支度である。まずは、茶の間の掘り炬燵《ごたつ》を開けることから始める。六畳間の真ん中の半畳分に切られた畳をあげ、中にしまってある炬燵の脚を四隅に立て、格子組みの上板を乗せ、櫓《やぐら》を作る。

奈枝が、干しておいた炬燵布団を櫓の上にかけ、上掛けでおおうと、重い樫材の卓板を透が載せた。まだ火は入らないが、茶の間は一挙に冬の到来を感じさせる。

玄一郎は、家中の必要な所々に大小のジュータンを敷き、それを透は不承ぐ手伝っていた。奈枝も椅子をどけたり、戻したり、その前に箒と塵取りを手放さず、ついて回る。

麗子などはなんの手伝いにもならないのだが、だからといって勝手をしているわけにはいかない。大人たちのすることを遠巻きに見ているだけだが、窓という窓、また大硝子戸も開け放っているので、寒くてたまらない。彼女は子どものくせに寒がりすぎる。が、そのせいばかりでなく、こうして家中の者が総立ちになって、ザワザワしている雰囲気がいやでいやでしかたなかった。

「少し休憩したらどうですか。お茶を淹れますから」

縁側にいた佐和が立ち上がろうとした。

「あ、そうだわ。わたしがしますから」

奈枝が慌てて言った。

「いまは茶は要らない」

玄一郎は周囲の者を一顧だにせず、まるで怠け者と言わんばかりに、次々と事を運んでいく。

彼は、胃弱のようだが、しかし、躰そのものは丈夫なのかもしれず、休むということを知らない。

それとも、家内のこういうことをするのが好きなのかしら、と妻は、夫のことがまだ掴みきれないでいる。

こんな時、家族みなで茶菓をいただいたら、どんなに楽しく快いことだろうと思いはするが、奈枝は多くの場合、夫を立て、〈母さん、我慢してくださいね〉と裡でそう言い、佐和のほうを制するのだった。

何時間もかけて、漸く家人の立ち働くことが止むと、麗子は、自身は特に大したことは何もしていないにもかかわらず、ほっとするのだった。そして、そこここが綺麗に掃除され、置くべき所に物が収まってみると、家中が清浄な空気に包まれている気がした。

仕事をしている時の父親の、あの近よれない怖い表情も、こうして落着いてみると、仕方がなかったのかもしれないとさえ思われてくる。

やがて夕食の食卓に、一同揃った。

玄一郎は独酌を始めた。機嫌もよさそうである。大概の時はしかつめらしい、いや、暗いと言っても過言ではない表情が、ふっと綻《ほころ》ぶ時がある。すると、これが、ただの微笑よりもずっとずっといいのだ。穏和と言うより、どこか勢いのある生き生きとした、芯から嬉しそうな、見ている者をも嬉しくさせてしまうような微笑なのだ。

和やかな食卓は続いていた。

いつも父親を避けがちな透でさえが、そこにいて、お替りのご飯茶碗を、そろそろっと母に向けて差し出している。食べ盛りの彼にとっては、お菜は大したものでなくても白米はご馳走だ。

じゃが芋や大根、こんにゃくなどが主のおでん。天ぷらにしても、蝦や魚類がなく、野菜ばかりの精進揚げである。少ない牛肉をカバーして、豆腐やしらたき、葱、えのき茸、お麩《ふ》などでなんとかそれらしくしたすき焼き。戦後がまだ色濃く尾を引いていたのである。

大人たちは遠慮がちに箸を出していたが、麗子は、まだ食欲というものに芽生えていないらしく、特に不満も覚えず、どうということもなく食べおおせていた。

「あの時は大変だった！」

「ほんと、どうなっちゃうのかと思いましたよ」

戦時中の疎開の折の話である。

一家が和気藹《あい》々となるのは、大体がその話題になる時だ。

「母さんにはずいぶん辛い思いをさせて……」

奈枝は、学童疎開の児童たちを引率していたので、佐和が母親代わりだったのだ。しかし、疎開先が同じ場所という計らいがあったので、疎開者の一群の中のどこかに奈枝がいるという思いに扶けられて、家族はついていったのだった。

玄一郎はすべてを妻に委せて、自身は東京に居残った。福島なら、時に応じて顔を出せるということだったが、汽車がそうそう思うようにはいかず、結局、疎開地へはたった一度姿を見せただけで終わった。それでも、彼にとっても、当時の頃のことには格別の思いがあったので、自ずと話は弾むのだった。

疎開する前日、都心に近い玄一郎の姉の家に一家は泊めてもらった。佐和と麗子は夕方に、後続の両親と透は、途中駅で終電車が車庫に入ってしまい、線路伝いに歩き通しで夜半に到着した。そして、ゴロリと、布団に横になるだけの泊りだった。

翌朝、着替えをすませ、納豆とみそ汁の食事をすますと直ちに出発した。

「行ってらっしゃい、元気で！」

「行ってきまーす」

そう言い交わした伯母の家族たち。病身の伯父とはそれが最後になるとも知らず、また、これから行く見知らぬ地へのなんの不安も抱かず、麗子は手を振っていた。

「上野の駅で足止めされてしまって……」

奈枝が屈託なく言った。

「空襲になっちゃってさ。やっと座れた汽車を降りて、プラットホームを走って、上野の山へ逃げこんだんだ。レーコ、覚えているかい？」

透が、いささか得意げな表情を妹へ向けた。

麗子は頷いたが、兄のようには一部始終を覚えていない。ただ、ところどころに鮮明な記憶が残っていた。

細く狭い石段を、勢いづいて上っていく兄の足さばきや、もうこれ以上出ないといった根限《こん》りの力で、必死に脚を上げている祖母の一瞬の姿。

透は、真新しい学生鞄を肩から斜めにかけ、片手に麗子の赤いランドセル、もう一方の手で妹の手を握りしめていてくれたのだったか……。

麗子に恐怖心はなく、ただただ夢中でついていった。

奈枝は児童と共にあって、家族とは別だった。そして、玄一郎とは、送られた駅埠頭で別れたのだろうが、麗子にその印象は薄かった。


やがて空襲警報は解除になり、駅へ戻って、再び元の汽車に乗りこんだ。そしてこんどは、「ボーッ」という野太い汽笛と共になんとか発車したのだった。

しばらくは騒がしかった車内も、皆疲れきっていて眠る者もあり、静かになった。

「ウワーっ、まっ黒だよ、レーコ」

前の席の透の声に、ねぼけ頭の麗子は、とっさには何のことか分からなかった。

窓を薄く開けていたせいで、汽車の煤煙をかぶってしまったのだ。そうと知ると、恥ずかしさに麗子は、むやみやたらに手で顔をこすった。

透がポイと手拭いを放ってよこした。

たったそれだけのことさえ、思い出の一つとして麗子の脳裡にはこびりついているのである。まして、疎開地に着いて、それからの日々と、やがて敗戦になり、東京に戻ってきてからの戦後の暮らし……と、家族の一人〱にも、その折々のそれぞれの深い思いが、胸底にしっかり居すわらないことがあろうか。そのせいで、食卓に懐かしの華が咲くのかもしれなかったのだから。

5

「ただいま――」

麗子は、表門の側の潜り戸を潜り、勝手口の三和土《たたき》に運動靴を脱ぎ散らし、上がり框《かまち》に足をかけた。

「お帰り」

佐和の声がした。

麗子は思い直して、靴を向こう向きに揃えてから、茶の間の障子を開けた。

「ただいま」

「お帰りなさい」

二人はあらためて挨拶を交わした。

「手を洗いましたか」

「まだ……」

「おやつが鼠入らずに入っていますからね」

おやつと言っても、たいがいは蒸《ふか》したさつま芋や小丸せんべい……そんなものである。また、と不満に感じたことはないが、麗子は、きょうはどこかしらいつもとは異なる気がした。

ランドセルをそそくさと自室に置き、洗面所で手を洗うと、彼女は早速、鼠入らずの中段の、そこだけが切り子硝子のしつらえになっている戸を開けた。萩焼の菓子皿に四角く黄色いものがフワリとのっていた。

「カステラ！」

「そう、カステーラですよ。レーコちゃんの分、先に切っておいたのよ」

と佐和はちょっと得意げに言った。

弁慶塗りの小盆にカステラの皿をのせ、茶の間へ運んできた麗子は、母の土産のはずがないので、

「これ、どうしたの？」ときいた。

「あのね、堤の叔父さんが送ってくださったのよ。手に入りましたからって」

「ああ、滝野川の……」

奈枝が父親を亡くした幼い頃から、ずっと見守ってきてくれたと聞いている、麗子にとっては大叔父である。

「お茶を淹れましょうか」

佐和は、長火鉢の横板の上の茶筒から、木篦《きべら》で急須に茶葉を入れ、銅壷《どうこ》にかけてある鉄瓶から湯を注いだ。

紅茶はまだ手に入らなかった。が、麗子は、子どもながら、カステラには甘い紅茶より緑茶が合うと思った。とろけるような甘さと香りが口中にひろがり、喉元をスルリと滑り下りていく。「美味し

い！」と思わずにっこりした。

「よかったわね」

佐和は嬉しそうに孫娘を見ていた。見ていたが、愛おしくて仕方ないといったふうとは少しちがって、その小粒な瞳は、まっすぐの生真面目なものだった。

「いただいてしまったら、レーコちゃんにお願いがあるの」

「なあに」

「お米の配給を、一緒に受け取りに行ってほしいの」

「はーい」

しばらくの後、祖母と孫娘の姿が道端に見られた。

定められた時間内に近隣の配給所へ行くのは簡単だが、持ち帰るのが大変である。運び車《キャリーカー》はないし自転車にも乗れないし、二人は、途中休み休み、力いっぱいの腕力で頑張るしかない。

〈婿の玄一郎は、こんな思いをしているわたしを分かっているのだろうか〉と佐和に腹立たしさが湧きあがってくる。しかし、娘の奈枝を思うと、その憤りもややおさまりを見せる。

「ここでちょっと休みましょう」

佐和は、道端の茶の木の根元のはこべやなずなが生えている上に腰を下ろした。

麗子は、道を往き交う人たちに対して何がなし恥ずかしく、〈ねえ、早く帰りましょうよ〉と心裡で佐和を急かせている。しかし、小さな躰の祖母を立ったまま見ていると、口にはできない。そこへ「あなたもお坐りなさいな」と言われてしまった。そこに並んで坐ることには抵抗がありすぎ、彼女はそっぽを向いてしまう。

疲れきった祖母が、道端だろうとどこだろうと休みたいなら休めばいい、それが道理というもの、と麗子が受け入れるようになったのは、ずっと後のことである。


佐和と麗子は、お米を抱えて漸く家に辿り着いた。

「レーコちゃん、ありがとう。大助かりだったわ」

着ぶくれた佐和は、額にうっすらと汗を滲ませ、頬には赤みもさしていた。

不規則に家に手伝いにきている、少し頭の足りないねえやにだって、配給物ぐらい取りにいくことはできたろうが、奈枝がそれをよしとしなかった。彼女自身でできるだけのことはしなければと思っているので、ふだんからねえやにあれこれ頼まない。そのことを承知している佐和だったのである。

佐和は長火鉢の前でひと休みすると、台所に立った。麗子は祖母についていこうとしたが、

「レーコちゃんは宿題があるでしょう」

と言われた。

あまり喜んですることではないが、しなければならないことは早く済ませてしまいたいほうなの

で、彼女はすごすごと引き下がった。

麗子に与えられている部屋は、二畳ほどの部屋というには小さすぎるスペースである。長く病床についていていた父方の祖母の死後、その部屋は兄妹に与えられたのだが、透の成長と共に別々になった。兄は元来の部屋、そして妹には、とりあえず、台所と玄関の間にあった空き地を、部屋様に仕立てて当てたのだ。

陽光の射したことのない、ヌルヌルとした中庭とも言いがたい黒土の空き地。そこには、青木や八ツ手などのありきたりの植物が生えていた。そのことは、茶の間の東側の裏庭も同じだが、一つこちらが異なるのは、他に青桐がスッと幹を伸ばし、緑の大葉を風にそよがせていることだ。それは麗子の誕生日記念として、女の子はお嫁に行くとき、桐の箪笥《たんす》を持たせるもの、ということから、植えられたものだった。


戦後、家の建物には所々手が入れられた。

台所にしても、かつては家の中にある井戸を使っていたこともあったのだ。その周りをグルグル回って、奈枝は厨仕事をしていたものである。

大笊《ざる》をもって、農家から直接買ってきた西瓜やトマトを、その井戸水に浸けていた記憶は、麗子にも幽かに残っていた。

やがて井戸水をモーターで汲み上げるようになり、井戸は塞がれた。そうなってしまうと、その余韻を引きずる間もなく、ほんとうに台所の真ん中に井戸があったのだろうか、まして、♪井戸の周りでお茶碗欠いたのだあれ、チュウチュウチュウチュウ……などと歌っていたのが、麗子にさえ昔話の中の出来事のように思えてならないのだ。

しかし、時々、汲み上げモーターの不具合を調べに、玄一郎が床下に降りているのを眼のあたりにすると、現実に返った。そして、そこが再び床板で塞がれてしまうと、相変わらず井戸水を使っているにもかかわらず、喪われてしまった井戸、消えてしまった井戸の身の上に思いを馳せているのだった。

井戸の記憶よりももっと以前の記憶として、麗子の胸に刻まれている祖母の姿があった。学校に上がるずっと前、おそらく、自分以外の人間として意識した初めての人として。もちろん、父母や兄は、生まれた時から常に傍にいた存在ゆえ、ここからという明確な線引きの意識はなかったので除外して。

「きょうは、あなたのお祖母さまのお家にお年賀に行きますよ」

母はそう言って、透と麗子を連れて家を出た。父親の姿はなかった。

「レーコちゃん、おめでとうございますって、ちゃんとご挨拶できるわね」

道々、そう言われたことばに、麗子は緊張していたようで、電車を乗り継ぎ、板橋にある祖母の玄関に立った時には、「おめでと、と、とー」なんて口走って、皆のほのかな笑いを誘ったのだった。

その家は小ぶりだが、きちんとした佇まいのうちに、しっとりとした雰囲気をかもしているのを、幼いながら麗子は感じとっていた。

庭も、広くはないが、灌木の間に水仙や福寿草がひっそりと清らかに咲いて、樹木の多い武蔵野の家の庭とは、ずいぶん違っていた。

佐和はそこに一人棲み、華道の師匠をしていたわけで、祖母に荒々しいところの皆無なのは、後から考えれば頷けた。

玄関にも床の間にも、廊下の端にも花が生けられ、ご不浄まで小花が差されていた。

客間の大卓に向かい合った佐和は、麗子にとっては歴とした祖母にはちがいなかったのだが、和服の襟元もきっちりとした、多い髪をふっくらとふくらませた二百三高地という髪型の礼儀正しい婦人として映った。祖母と母には親娘らしい会話が交わされていて、兄と妹は、ただそこに坐っていただけだった気もするが、それでも、麗子は、一人前のお客様として扱われている快さがあったのを覚えている。

戦時中、この都会の小住宅は、強制疎開に遭遇し、無惨な仕打ちを受ける破目に陥った。裏手に大病院があり、そこへ病人や怪我人が直行できる道路を作るために、その道筋にあたる家々は、とり壊されることになったのである。

麗子の幼心に刻まれたあの瀟洒《しょうしゃ》な家は、あるいは、彼女の創りあげた幻だったのかもしれない。

……

麗子は、赤いランドセルをあけ、教科書と帳面、それとセルロイドの筆箱と下敷きを、透のお下がりの勉強机の上に並べた。そして、明日の時間割り表を確かめてから、宿題を始めた。

きょうは苦手な算数はなく、漢字を一行に二十個ずつ書くことはあっさり済んだ。あとは割合好きな自由題の作文だけである。

〈何を書こうかな〉麗子は鉛筆を握って、しばらく考えあぐんでいた。なかなか思いつかない。彼女は立ち上がり、長廊下のほうへ出ていった。中程で立ち止まり、何げなく硝子越しに庭へ眼をやった。

冬に向けて、花の彩といってほとんど見られない中に、木の花の山茶花だけは、多すぎるくらい濃い桃色の花びらを開かせていた。しかし、見馴れているせいか、どうという感想も浮かばない。

視線を移していくと、池の縁の石蕗《つわぶき》の花が、少し前よりその黄色の鮮やかさを薄れさせ、しかし、その大きな葉の艶々しさをそのままにあった。

麗子は硝子戸を開けて、沓脱石のサンダルをつっかけ庭に降りた。そして、石蕗に近づこうとしたが、その前に、傍らの細い枝木に眼がいった。いまは花のないその木は三椏《みつまた》だ。

「ほら、どこまで行っても三つの枝に岐れているでしょ」

奈枝のことばが、彼女には新鮮だった。なんの命令もないのに、そんなふうになるなんて、と。

花は、その白っぽい黄色から少し薄紫に、その塊を集めて丸く、地味で目立たないが、

「この木から紙ができるのよ」

と、さらに教えられた時の驚きを忘れていない。

木が紙になるということがふしぎで、また、凄いことに思えたものだ。


麗子は部屋に戻り、「庭の三椏」という題で作文を書いた。ただ、一連の事実を書くだけでは、どこかつまらない気がして、考えたあげく、三椏の木を擬人化してみたのである。つまり、三椏が主人公の、三椏から見た短いお話を創ったのだ。

……わたしは、そんなに美しい花を咲かせはしないので、花瓶に飾られたりはなかなかしてもらえないけれど、文字を書きつけたり、障子などを貼ったりするのに、一番必要な紙というものになって、みんなのお役に立っているのです……といった単純な内容のものである。

翌日、先生の指示で、この作文を、教室のみんなの前で読まされたとき、

「誰かの本の真似をしたんじゃないか」

と一人の男の生徒から言われた。

あまりに思いがけないことに、麗子は弁解もせず、ただただ、悲しい思いをすることになったのだったが。

「レーコちゃん。ちょっといらっしゃい」

日曜日、奈枝が珍しくシンガーミシンに向かっていた。娘のブラウスを縫っているのだ。

「袖丈は、このぐらいでいいかしら」

そう言って、娘の肩先に、そのフワリとした、やや黄みがかった白い布をあてた。

それは、奈枝の知人が進駐軍から手に入れたもので、落下傘の生地ということだ。

〈これが落下傘の……〉と麗子にはピンとこない。空中から、落下傘で人が降りてくるのを見たわけではないが、戦時中の記憶が、そんな光景とダブってくるのだった。

6

夜中、空襲警報が鳴って、麗子たちは大声で起こされた。彼女は父親の背におぶわれ、母と祖母と兄、みなで家を出ると、一斉に走り出した。

家の南側の小道を行き、南北に通っている大通りに出ると、そこを北へ向けて走りに走った。すでに麗子は父の背から降り、自分の脚で走っていたが、「靴が……」と片方脱げてしまったズックのことを訴えた。誰にも戻る余裕はなかった。

十五分ぐらい走ったところで十字路に出、そこを左に曲がってすぐの雑木林の中に踏み入った。そこは盛り土で小山状になった馬塚で、麗子たちだけでなく、他にも数家族が逃げてきていた。みな、その場に屈みこんで、じっと黒々とした林の先の空を窺っていた。

「あ、敵機だ！」

透が叫んだその指先には、味方の飛行機と敵の飛行機が、探照灯に照らしだされて、十文字にぶつかり合っていた。そして瞬く間にどちらの飛行機かが煙を吐きながら落下していった。それが味方のものか敵方のものかは、大人たちにもよく分からなかったようだ。

麗子は、後になってみると、あのような光景をほんとうに眼にしたのか曖昧になってきた。誰かに糺《ただ》してみればいいのだが、撃ち落とされた機には当然人が乗っていたわけで、あの時のことをあれこれ口にしては、その人が助からなかったことになるにちがいないと、とうに過去のことになっているにもかかわらず、おかしな思いに捉われていたのである。

奈枝が忙しいうえに、あまり得意ではない裁縫を、自分のために懸命になって、縫いあげてくれたブラウスを身につけるのは、嬉しいことなのだが、落下傘の生地でできたブラウスということに、麗子は妙な引っかかりを覚えていたのだ。

また、彼女が、母親のことを家事全般、あまり得意でないと思っていたのは、奈枝がずっと勤め続けていたせいで、料理、裁縫などに勤しんでいる姿を、あまり見ていなかったせいもあるかもしれないと思い直してもいたのだ。と言うのも、ある時偶然、押入れの古い紙箱の中から出てきた、花瓶敷きや鏡台カバーの美しく精緻な刺繍やら、竹久夢二ばりの素敵な絵など、奈枝の女学校時代の作品を眼にしていたから。

しかし、やはりその母は日中不在、一方、佐和の言うこと為すことは、それと意識しなくても麗子の裡に浸透していった。祖母と過ごす時間が、どれだけ多かったことだろう。

佐和は、陽の当たる広縁でよくお針をしていた。絎台《くけ》を置き、台に付いている紐の先の洗濯鋏状のものに、生地の端を挟んでひっぱりチクチクと、まるで機械仕掛けのように針を扱うのである。

着物を上下二つに裁ち、二部式の便利なものに作り替えたり、スカートやズボンの裾あげをしたり、また、足袋や靴下のつぎ当てには、木製の型先にそれらをスポッとかぶせて、ていねいに縫った。

晴れた日には時々洗い張りもした。着物をほどいて洗濯し、何枚にもなった生地に糊づけをし、板にピッタリ張りつけて干すのだ。

「レーコちゃん、ちょっとそこを押さえていて」などと、孫娘を当てにしているわけでもなさそうに言うのだが、そこには教える意もあったのかもしれない。

手のあいた時に佐和は、茶の間の片隅に新聞紙をひろげ、顔を俯《うつむ》けて髪の毛を梳いていた。長い髪を、椿油の浸みついた柘植の櫛で、首筋の根元からグサリグサリと逆さに梳かしていく。それを何度も気が済むまでくり返すと、こんどは顔は上げて、ボワッとひろがった髪を梳《くしけず》りながらまとめ、クルクルと丸めて後頭部に落着かせ、数本のダブルピンでとめ、すっきりと仕上げた。

〈まるで手品師のよう！〉

お河童頭の麗子は、見ているだけでも気持ちよさそうで、すっかり惹きこまれ、そのうち、彼女自身も髪をいじってみたくなってきた。

短すぎる後ろ髪を二つに分けて、ゴム紐でむりやり括《くく》ってみた。小鳥の尻尾のような小さなものが二つ。それでも、手で触ってみると、自分になんだか新しいことが起こったようで嬉しさがこみあげてきた。

麗子は外へ出てみたくなった。その髪型で歩いてみたくなったのだ。しかし、誰も小鳥の尻尾などに気がつかなかったし、その前に、知り合いには誰一人会わず拍子抜けしてしまった。


そろそろ午後の陽が傾く頃である。

欅や樫の木は家の庭にも聳えているが、門を出れば、周囲には榎、楢、栗林などもそこここに点在し、冷んやりとした武蔵野の澄んだ空気が漂っている。

「さむーい！」

麗子はひとり言《ご》ち、仕方なく家内に入った。

「外は寒いでしょ。もう、師走なんですものね」

佐和が言った。

「しわす？」

「そう、十二月のことですよ。先生の師、これはレーコちゃんには難しいかも……それと走るという字を書くのよ」

「どうして、しわすって言うの？」

「そうね、いつも落着いているお医者さまやお坊さんや先生方も、忙しくって走りだすということかしら」

「ふーん」

麗子はよく理解できないのだが、それでも、受け持ちの女先生が、盛んにあっちへ、こっちへと走り回っている光景が浮かんでくる。

「お正月までに、たくさんしなければならないことがあるのよ。そう、打ち直すお布団もあるし……」

佐和のことばどおり、ある晴れあがった日、広間いっぱいにひろげられた布団生地の上に、布団綿を右へ左へと重ね、最後に薄い真綿でくるむ作業が始められた。姉さんかぶりに鼻も口も手拭いで塞いだ格好の奈枝と佐和。

大変だなあと思いつつ、端から見ていた麗子は、父や兄はどうして手伝わないのだろう、あるいは、これは女の人の仕事なのかもしれないと、祖母や母の出立ちから考えたりもしていた。

もっとも、玄一郎にもすることはいろいろあったのだ。いまの季節はほとんどないが、年間を通じての畑仕事は、戦後の食糧難の時にあって、家族の口に入れる何かしらを産みださなければならず、何よりも大事なことだった。

幸い庭が広かったので、大部《たいぶ》を畑にした。

灌木を抜き去り、置き石などをどけ、土をならし、鍬でさくを切り、そこへ近隣のお百姓さんからの見様見真似で、夏にはトマト、ナス、キューリ、隠元豆《いんげん》などを、冬には小松菜やほうれん草などを作った。

お腹になる物としては、じゃが芋がカレーにも、煮付けにも、サラダにも、何にでも大いに役立つので、たくさん作った。

寒い最中の二月末頃、家族総出で、玄一郎が手に入れてきた種芋を植えつけるのだ。芽のある種芋を半分に切って、その断面に灰をぬり、畑土にその断面を下にして埋めていく作業。

やがて土の中からたくさんの芽が出て、それを間引きし、残された緑葉は次第に大きくなり、すると、淡い桃色と黄色っぽい可憐な花を付ける。葉はぐんぐん繁り、そうやって七月末頃、収穫となるのだ。

「どれ、掘りだしてみるか」

玄一郎はそう言って、そっと葉をかき分けた。土の中から大小の芋がつらなって出てきた。

「ああ、もう充分だな」

満足気な玄一郎の表情は、滅多に見られない喜びに溢れていた。

麗子は、土のついた新鮮なじゃが芋を眼の前にして、手伝い方は遊び半分というわけではなかったが、しかし自分は、この実りに役に立ったのだろうかという思いが幽かに過った。

畑を耕すようになる前は、玄一郎は、単身で、時には妻を伴い、リュックサックを背負って、食糧を求めて出かけていった。東京の郊外に住みながら、そして周囲には畑もありながら、もっと田舎に足を運ばなければ、主食代わりのものは得られなかったのである。しかも、苦労して持ち帰ったものは、唐芋（中国から琉球を経て入ってきたというさつま芋の別名）など甘味の少ない色褪せたものが殆どだった。

玄一郎は畑仕事に馴れてくると、小麦まで作れるようになった。粒を石臼でゴロゴロ挽き、粉にしたものを捏《こ》ねて棒で平たく熨《の》し、それを折りたたんで、端から細長く小気味よく切っていった。生うどんの出来上がり。

奈枝もまた、その小麦粉でよく水団《すいとん》を作っていた。彼女のは、団子状にせず、水溶きした粉を匙《さじ》ですくっては、指先でていねいに一口大に平たくのばすやり方で、そのほうが汁がしみて美味しいのだ。

白米を口にすることは滅多にないが、麗子はまったく不満を感じず、何でも好んでというわけにはいかないが、与えられたものは、そういうものとして捉え、受けた。

透は少しちがった。男の子であり、食べ盛りでもあった。毎食、お替りの茶碗を遠慮がちに出すのを、奈枝はすぐ察して、「透さん、はい」と翳りなく言って、さっさと茶碗に盛ってやった。

透は母親に感謝しつつも、表面は仏頂面《ぶっちょうづら》である。息子の表情に気づいた玄一郎は、腹立たしく、怒り寸前にある。その場の雰囲気に堪えられず、透はそそくさと食べ了ると、スッと席を立ち、食堂を出ていってしまった。

「お前が甘いからだ！　なんだ、あの態度は」

玄一郎の怒りは妻に向けられた。

佐和も麗子も、一刻も早く席を離れたいのだが、そんなにあからさまにもいかず、第一、ここに奈枝だけを残して、と思うと我慢するしかなく、黙々と箸を使っていた。

7

元日。麗子は寒がりにもかかわらず、思いきりよく掛け布団をはいで起床し、洗面を済ませた。そして、ふだん着のまま、家族全員と並んで、茶の間の仏壇とその並びの神棚に向かって掌を合わせた。

「おめでとう」

「新年、おめでとう」

口々に言い交わし、一同、この日ばかりは、決して尖った雰囲気にしてはならないと気をはっていた。

「さあ、お屠蘇《とそ》を」

鶴、亀、松の絵を金粉で施した朱塗りの漆器の細い口から、揃いの柄の盃に注がれる液体。

「これはお酒ではなく、お薬のようなものなのよ」

奈枝が言った。

玄一郎が、前夜から日本酒に屠蘇の粉を浸して、準備しておいたのである。

「病気にならないように、一年間元気で過ごせるように、いただくんですよ」

佐和がつけ加えた。

麗子は猪口に鼻を近づけてみた。特別の匂いはないが、お酒と薬の混じったものにはちがいなかった。

「ちょっとだけなら、だいじょうぶよ」

そう言ってすすめる奈枝自身、ほんの一滴のお酒にも真っ赤な顔になってしまうので、口をつけるのは形だけである。麗子は舐《な》めてみた。美味しくはないが、母のようにはならなかった。

玄一郎は更にもう一杯。その後は、それぞれ祝い箸を手にした。

三段重ねのお重の中身は、その見かけの豪華さとは異なったが、奈枝と佐和が前日から台所に立ちっ放しで調理《つく》ったものである。

桜の花びらに形どった人参、菊の花に似せた大根の酢のもの、里芋、八つ頭、牛蒡《ごぼう》、慈姑《くわい》、蒟蒻などの煮もの。こぶ巻や玉子焼や黒豆。沙魚《はぜ》の佃煮は既製のもの。そして、鯛はもちろん、ハム類も並んでいないが、蒲鉾《かまぼこ》、竹輪などは辛うじて顔を見せていた。赤い実をつけた庭の千両は、門松の竹と共に玄一郎が飾りつけたが、それは有田焼の大皿の端にも添えられて、不足がちな御節料理に彩を加えていた。

「さあ、お雑煮ですよ」

奈枝は、「たくさんいただきなさい」と言いたかったが、餅は一人二個、玄一郎と透には少し多くが精々である。

餅よりも、三つ葉とナルト、ほんの少しの鶏肉の入った汁のほうが、餅が溶けかかって、麗子には予想に反して美味しかった。また、特別の御節ではないが、厳かな気分で一つ一つていねいに食べていると、いつもとは異なる味わいを覚えるのだった。


食事を了え、茶の間へ移ると、玄一郎からのお年玉の袋が、炬燵の卓上に置かれた。

「ありがとう」

麗子はニコリとした。しかし透は仏頂面、いや、ほとんど表情に変化は見られなかった。

麗子には何を買うというあてもない。近所にはたった一軒、酒、味噌、醤油、佃煮類から駄菓子、薪《まき》、竿《さお》竹まで何でも扱うよろず屋があるだけなので、どこか賑やかな街へ出ないかぎり、女の子の気を誘うものは見当たらない。

「お三が日は、お家で静かに過ごして、なるべく外出はしないものなのよ」

奈枝が教えるように言った。

「ええ、ええ。物音を立てるのも慎まないといけません」

佐和がそばからつけ加えた。

住人の少ない町である。それでも、通りを下駄の歯音高く往来する人がいる。佐和は眉をしかめた。

「でも、羽根突きはいいんでしょ？」

「ええ、お庭でならね」

「レーコ、一緒にしようか」

透が、思いがけず自ら誘った。

「する、する。でも、ちょっと待って！」

麗子は母をせかせ、和服を着せてもらった。黒地に椿の花柄の元禄袖の着物と羽織のお対である。

「これから体を動かすのに……」

透は微笑ったが、麗子は、着物を着てこその羽根突きだったのだ。ことに、めったにない兄と二人の時には。


元旦は平穏に過ぎた。二日、三日も同様に。そして、松の内最後の日の七草粥作りは佐和の仕事である。

「〝芹、薺《なずな》、御形《ごぎょう》、はこべら、仏の座、菘《すずな》、すずしろ、これぞ七草〟、こうして覚えておくといいのよ、レーコちゃん」

佐和は、なずなはペンペン草のこと、ごぎょうは母子草、はこべらははこべ、ほとけのざはタンポポに似て、すずなはかぶ、すずしろは大根のことと教えてくれた。

「それじゃ、すずなもすずしろもお父さんが作ったものね」

「そうよ。それに、芹も薺もはこべもみーんなお庭にあるでしょう」

「ほんと？」

「いらっしゃい」

佐和は籠を提げて庭へ降りた。

はこべ、そして、茎から一本一本伸びている先の実の一つ一つを折り曲げて耳元で振ると、ペンペンと幽かな音を立てるペンペン草はすぐ分かるが、その他は麗子には分からない。

ややや厚手の細い葉のわきに、黄色い花がついているのを指して、「これが御形よ」と佐和が言った。

「それじゃ、ほとけのざは？」

「そうね、あ、これこれ。まだお花はよく開いていないけれど」

「ほんと、タンポポみたい」

「タンポポより小形ですけれど、むしろ菊の花に似ているかも」

麗子は、それらの植物を初めて眼にするわけではないが、名も知らず、まして観察したこともない。

「みーんなお庭にあったのね」

「さあ、これをお粥に炊きましょう」


祖母と孫娘は台所に立った。

佐和は、それぞれをよく洗い、包丁でていねいに切り揃え、平籠に並べた。そして、大きな土鍋を用意し、特別にとっておいたお米を入れた。

「お水を七倍ぐらい差すのよ。こうして七草を入れて、蓋《ふた》をしないで沸騰《ふっとう》するまで煮るの。三十分ぐらいかしら」

全員食堂に集まった。

ねっとりとした、お粥というよりおじや（雑炊）の感じだ。

「美味しい！」

塩味が効いて、草の香がほんのりと漂う。

「美味いな」

誰のことも誉めたことのない玄一郎が呟いた。

みな、うっすらと仄かな湯気の立つさ中で、口元を尖らせたり弛《ゆる》めたりしていた。

明日からは奈枝の勤めも始まり、また慌しい日々が待ち受けている。透も麗子ももちろん学校が始まる。つかの間の正月休みだった。


学校の三学期は短い。やがて麗子は小学校の四年生に、透は新制高校の最初の生徒となる。奈枝にはすべきことが山積みだった。授業を充分行わないうちに期末試験が待ち受け、そして通信簿を作成する。成績の評価だけでなく、その子が、これからどのようにしたなら、よりいっそうよくなるか、その指針を含めて、一人〳〵に対して些細に書くのを常としていた。

奈枝は仕事を家へ持ち帰り、夜中まで続けることも少なくない。だからといって、自分の子らをそっちのけにということは、もちろんなく、できるかぎり気を配っているつもりだった。しかし、元々、母親が不在ということ自体が、子どもたちにとっては、心に穴のあくことだったのかもしれない。ことに透は、不安定な年頃になっていたのだから。

ある日、奈枝は校長先生に呼ばれた。

「卒業式に、ピアノ伴奏をお願いしますよ」

「はあ……」

「音楽の専任が都合悪くなってしまって」

躰が弱いのか、よく休む先生だった。

奈枝は、自身の受け持つ組では、時々音楽の先生の代わりをやっていた。朝礼の時でさえ、彼女がオルガンに向かって、先生方と生徒たちが校歌を斉唱することもあった。

奈枝は音楽が好きなのである。ただ、卒業式ともなると、父兄の前でもあるし、緊張しないわけにはいかないだろう。彼女は思い出した。〝全校踊らす十指の妙技〟という見出しで新聞に載った若き日のことを。女学校の体育祭の折のことだ。校庭いっぱいに全校生徒が披露するダンス。そのピアノ伴奏を見事に弾きこなしたのだった。

〈ほんとうは音楽学校へ行くことをすすめられたんですもの。少しは自信を持ってもいいのかしら〉

奈枝は、楽しかった女学生時代にかえったような、初々しい感情に呼び戻されていた。

卒業式の朝、着物の上に濃紺の袴をはいた、そのスラリとした上背のある凛とした奈枝の姿に、麗子は、まだ素敵ということばを知らなかったが、憧れに似た想いを抱いた。

「お母さん、いってらっしゃい！」

「はい、行ってきます。レーコちゃんもいい子にしていてね」

丸顔の自分とはちがって、中高で細面の母の顔が、麗子には、いつもより美しく見えた。いえ、美しいと一口に言ってしまっては当たらない。神々しいと言ったらいいのか、子どもの彼女に代わって表現するとすれば、そう、柔らかみのあるうちにも、そこはかとない気品を漂わせた、つくりものではなく、自ずと滲み出た、形のない芳香のようなもの。


この母が、学校で自分と同じ年頃の生徒たちに、娘の自分よりも多くの時間を接している。しかも、

「いい子なのだけれど、ちょっとヤンチャでね。それで、授業中、その子を教壇のほうへこさせて、手を握って勉強を続けているのよ」

奈枝が、こんなことを佐和に話しているのを、麗子は聞きつけたことがあった。それは、学校での母と生徒の間に起こる出来事の中の一つにすぎない。

麗子は母親を盗《と》られてしまったような気がして、胸に穴のあくような感覚に捉えられた。母は自分だけの母であって欲しかったのだ。ただ、透に対してだけは例外だった。高校生になった兄の大人びた様子には、妹は自ずと敏感になっていた。何かしら不安を抱いていたのである。母親の愛が、そんな兄に向けられることには、彼女は不満を抱かなかった。

8

染井吉野、山桜、富士桜の順に、庭の桜がそれぞれの美しさを披露した季節も、とうに過ぎた。

「透さん、遅いわね」

「お友達と試験勉強するからって言っていましたよ」

「中間試験のことかしら。それにしても……」

奈枝と佐和が話していた。傍らに麗子もいて、茶の間に女三人、ある夜のことである。

奈枝は帰宅後、食事を済ませ、台所の水仕事を終え、明日の支度をし、その間、佐和の愚痴まがいの、その日の報告にも耳を傾けなければならず、そんな母親を、自分のほうへのみ向けさせるのは無理なことと麗子は分かっていた。それで、せめてそこに少しでも長く居たかったのだ。

「さあ、レーコちゃん、もうお寝みなさい」

そう言われれば、麗子はすごすごと引っこまざるを得ない。しかし、寝間は狭い自分の部屋ではなく、目下のところ、母と同じ広い部屋である。母が床に就くのは、麗子が白河夜船の頃なのだが、それでも、彼女の心は充たされていた。

薄暗い豆電球の下に横たわっていると、床の間の大きな袋をかついだ布袋《ほてい》様の黒い像が動きだしそうだったし、鴨居に掲げてある浅間山を描いたらしい絵が、笑っているように見えてきたりはいつものことだ。しかし、その夜は、麗子の想いは兄のうえにいっていた。

〈この頃のお兄ちゃんは、もう、前のお兄ちゃんじゃない……〉

前とは、透が小学校の高学年だった頃。ということは、麗子は、まだ学校にも上がっていなかった。

夕方から空っ風の吹く冬の寒い日だった。佐和は用事で出かけていて、兄と妹の二人、家にいた。

「レーコ、ちょっと待って！　すぐあったかくしてあげるから」

透はそう言って、キビキビと煉炭《れんたん》を起こし、十能《じゅうのう》で運んできて、掘炬燵に入れ、フワリと炬燵布団をかけて、

「ほら、もう入れるよ」

と突っ立っている麗子に声をかけてくれた。

その年長者らしい態度を麗子は忘れていない。

〈あのお兄ちゃんが、ほんとうに試験勉強のためだけに、こんなに遅くまで家に帰らないのかしら〉

彼女は、訪れてきた睡気のさ中で、ぼうと思いをめぐらせていた。

その後、透は家をあけることが目に見えて多くなった。友だちの家に泊るということだった。そのとおりなのだろうと奈枝は疑わなかった。彼女は忙しさにかまかけていたわけではなく、息子を信じるほうを選んだのだ。

それにしても、夫には少し諭してもらいたいと思ったが、父親を忌避《きひ》している透を解っていたこともあって、あまり強くは頼めないでいた。

一方で奈枝は、いくら実母に家事を任せているからといって、そこには限界があり、第一、留守居をしてくれるだけでいいと思っていたのだから、自身、身を粉にして、できる限りをやりおおすしかなかった。そんな身を削るような毎日でも、やはり、自分が家に居ないからいけないのかと、仕事を辞めることも考えた。しかし、結局そうはならなかった。

奈枝にとって教師という職業は天性のものだったのかもしれない。それはそうとしても、ただそれだけの理由ではなく、何かにつけての夫の激しい叱責、その鋭い視線にいすくめられる辛さには、家の外に身を置く方途しか彼女にはなかったのかもしれない。そうすることによって、どうやら自分を損なわずにいられることに、彼女自身は気づいていなかったかもしれないのだが。

透もまた、玄一郎に対する時、母親と同じような気持ちに陥っていた。家を外にしたくなるのである。

奈枝は、息子が年頃になるにつれて、「透さん」「透さん」と、蔭に日向に息子をかばい続けていた。そんな矢先、透の学校から父兄への呼び出しがかかった。何のことかは不明だったが、尋常のことではないと察せられた。

「お父さん、行ってくださいね」

「俺は忙しい。お前が行ってくれ」

「でも、この際は男親のほうが」

「いいから、お前が行け」

有無を言わせぬ言い方だった。

奈枝は女学生の頃から、何かにつけて胸を衝かれるような切ない思いをよく抱いてきたものだが、ただ、そこには天性の明るさが仄見えていた。しかし、いまはそれさえも喪われていた。

彼女は出かけていった。

奈枝が担任から受けた宣告は、透に対する「退学処分」という耳を疑う一言だった。

理由は、仲間と覚醒剤（ヒロポン）を注ったということである。

「まさか、あの子が……退学だけはお許し願えないでしょうか」

「職員会議で決まったことですから」

担任は鮸《にべ》もなく言い放った。

覚醒剤は、青少年の間に蔓延《まんえん》していた。奈枝はそのことを知らなかったわけではない。しかし、そういうことは、別世界の人たちのすることと思っていた。それを自分の息子が……とても信じられることではなかった。

おそらくたった一度のことにちがいない。見かけによらず気の弱い透の、悪い仲間にすすめられての出来心だったのだろう。いまなら、まだ引き返せる。学校に寛大な措置を願うのは、虫の良いことかもしれないが、一人の若者の一生の岐れ道である。

この一大事に、玄一郎は妻に代わって学校へ出かけていき、話し合うといった行動を一切起こさなかった。

結局、透は退学を余儀なくされた。そして、奈枝の奔走で、これまでの学校と同格の高校の編入試験を受けられることになり、合格したのだった。

母親はどれだけ安堵したことか！　しかし、父親のほうは、一連の出来事を、そして事の成り行きを、手放しで見ているだけだったのである。

透に喜んでいる様子はなく、それどころか、せっかくの学校へもあまり通わず、家にいる時は自室に籠り、敷きっ放しの布団に寝ているか、本を読んでいるかだった。あげくに黙ってどこかへ出かけていく。そんなくり返しの日々が続くようになっていた。

夏が近づいていた。

玄一郎を主とする恒例の家内の衣替えである。

夏障子に入れ替え、広間には薄縁《うすべり》を敷き、書院窓やらを開け放った所に衝立《つい》てを立て、広縁には籐椅子を出し、もちろん網戸も入れた。

奈枝は、応接間のクッションやスリッパを麻物に替えたり、家中の者の夏着を出したり、浴衣も揃えた。佐和もまた、食器の一部を涼しげな夏の物に入れ替え、そして、自身の絽《ろ》の着物や麻帯の準備など怠りなかった。

麗子はどうだったのだろう。ちょっぴりの手伝い以外には、「風鈴はどこにしまってあるの？」などと、まだ盛夏でもないのに、そんなことを言っているばかりだった。

一日の終わり。皆疲れたが、家全体がさっぱりと、白っぽく明るく変貌した。

間もなく夏休みになろうとしていた。

麗子が心待ちにしていたのはもちろんだが、奈枝もまた、長い休暇を子どものように待ち望んでいたのだ。

わが子と一緒に過ごせる。積もりに積もった事々に手を付ける時でもあった。

「今年も、海へ行きましょうね」

奈枝は、透はもう母親とさえ行動を共にするのを喜ばないのが分かっていたので、麗子に向けて言った。

毎夏、鎌倉の材木座か由比ヶ浜へ、日帰りでも子どもらを連れていくのが、せめてもの親としての務めと思っていたのである。武蔵野の畑や雑木林に囲まれた地からは、海岸は別天地であった。

麗子は、昨年の夏の海行きを思い浮かべていた。鎌倉駅前からバスに乗っていると、前方の窓先に突然、陽に輝く紺青の海面が姿を現わし始めた。

〈海！〉

彼女は、心躍る思いを抱きしめて、次第に拡がる紺碧の世界に釘づけになっていた。

そして、海の家に休憩している母親を、常に視野に入れながら、終日、真っ赤に日焼けするまで、遊び呆けた。

そこに透が一緒だったのは、いつ頃までだったろうか。

9

長い夏休みの始まりを麗子が心待ちにしていた、或る朝から蒸し暑い日、透は死んだ。自室で、睡眠薬のブロバリン錠を一瓶空けてしまったのだ。駆けつけた医者が吐かせようとしたが、間に合わなかった。過失なのかどうかは麗子に分かる由もなかった。

この地の盂蘭《うら》盆会は、七月十五日ではなく、一か月遅れの習わしである。

盆提灯を飾り、仏壇前に茣蓙《ござ》を敷き、麻幹《おがら》を立てかけ、西瓜、胡瓜、トマト、茄子などを供え……といった例年のそんな形どおりの準備は、突然生々しいものになった。

亡き人々、彼らは会ったこともない父方の祖父、母方の祖父、また、麗子が六歳の時に逝った父方の祖母など、みな遠い存在だった。したがって、そういう人たちをお迎えするのは、彼女にとっては、その冥福を祈る行事としてだけのことだった。それが、透の新盆となってしまったのである。

「透さん！」「透さん！」

奈枝は、切れぎれにその名を呼び、呟いているだけで、ついに寝込んでしまった。

一方、玄一郎は、黙々とお盆さまの飾りつけをしていた。

お坊さまが家に来て、透のためにお経をあげてくれた。やがて盆送りの日、例年どおり、茄子と胡瓜に割箸をさし込み、馬に仕立てた。一家は、その馬上に死者たちを乗せて、菩提寺への道の途中まで送っていき、道の端の畑地の際に、そっと馬たちを置いて帰った。

麗子は、その馬上に、凛々しく乗っている透の姿を見た気がした。彼はまだ納骨されていないにもかかわらず。

近くの小川の叢《くさむら》から捕まえてきた蛍を、青蚊帳《かや》の中に放って、「レーコ、きれいだろ」と得意だった、いつだったかの透との夏。

そんな夏も過ぎて、夏障子を取り払い、再び秋が巡ってきていた。

♪庭の千草も　虫の音も……

麗子が母と二人で歌ったのは、ちょうど一年前のこと。その後も、♪氷れる月影空に冴えて…とか、♪春のうららの隅田川……とか、♪みかんの花が咲いている……とか、♪枳殻《からたち》の花が咲いたよ……などと、季節に添って歌ってきた。

そして、いま再び、♪庭の千草も……と母と声を和して歌えるだろうかという思いが、麗子の裡をふっと過った。

〈いえ、母さんはもう歌わないにちがいない〉

突如として透を風に攫《さら》われてしまって以来、母の口元からは歌声どころか、声もろくに発せられていない感じだったのだ。

そんな奈枝が、教師を辞めるという話を、子どもの麗子も耳にしなかったわけではない。

〈母さんが、いつも家に居る〉そう思うと麗子は浮き立つ思いでいっぱいになった。

しかし、結局そうはならなかった。むしろ奈枝は、いっそう熱心に生徒たちに対するようになっていったようだ。

麗子は落胆する一方で、蒼白だった母の顔に、ほんの少しずつだが、血の気がさしてきているのを認めた。

〈母さんが家に居てくれるのは夢のように嬉しいことだけれど、母さんが元気になってくれることのほうが、もっと嬉しいかな〉

彼女は密かにそう思った。

そして、庭の残り少なくなった草花が、枯れてしまわないうちに、♪庭の千草も……と、どんなに小さな声でもいい、母といっしょに歌えることを希った。

木洩れ日の舎《や》

1

デスクの前に立ち、今月号の取材について説明している詩子《うた》の大きな瞳から、突然水滴が転がり落ちた。そして、それは止まらない。それどころか、止め処《ど》なく溢れ出てくるのだ。

「どうしたんだ?!」

いつも穏やかなデスクが、思わず声を大きくした。

「はい……あの……」

詩子はことばに詰まった。

「きょうは、もう帰りなさい」と言うデスクに対し、「そうさせていただきます」と応えるのがやっとだった。

国鉄の電車を私鉄に乗りかえ、下車駅から徒歩十五分ほどの家まで、その一時間半の道程を、詩子はどのようにして辿ってきたのか覚えがない。

玄関先に立った詩子の気配に、奥から現われた母の野枝は、娘の様子を眼にするなり、ものも言わず、詩子の部屋にではなく、すぐ茶の間に布団を敷いた。

そこへ詩子はバッタリ倒れこんだ。いや、這いずるようにだったか。

体温計の目盛りは四〇度を超えていた。

「こんなに……」

野枝は絶句した。

すでに闇が降りていた。東京とは言え、郊外の街である。医者はおいそれとは来てくれない。

空が白みかけた。野枝は一晩中、娘につきそっていたが、当人に苦しみ続けた意識はない。高熱に何も彼もがのみこまれ、思考の余地がなかったのだろう。

比較的近くにある小さな医院に担ぎこまれた詩子の血沈は、ツツーっとみるみる下がっていった。

「結核です。こんなになるまで、どうして放っといたんです！」

老医師は呆れ顔で言い放った。

〈ケッカク！　肺病?!〉

詩子は、躰中の血が体外へ抜けだしていくような気がした。じっさい、血液が喪われ、貧血を起こしているのだった。何も考えられなかった。ただ一つ、これで自分の将来は閉ざされてしまったのだ、とそればかりを思っていた。

茶の間続きの八畳間に、本格的に寝床がしつらえられた。

詩子はそこに張りついたままになった。咳がひっきりなしで、絡む痰を野枝は採り続けた。

〈この娘はどうなってしまうのだろう〉

そんな思いさえ巡らないほど、母親は無我夢中で看護にあたった。

武蔵野赤十字病院の結核病棟に入院と決まったが、ベッド待ちであった。それまでの十日あまり、真夏の扇風機のみの室内は、病人にはもちろん、野枝にとっても辛い日々だった。いや、詩子は暑気さえ感じず、ただただ苦しみの時をやり過ごしているだけだったのだが。

漸く空きのベッドが出た知らせに、とびつくようにして、詩子は結核患者の集団のさ中に収まった。衝立てで仕切られただけの六人部屋である。


担当医の指令のままに、薬の服用やらレントゲン撮影やらで過ごしているうちに、詩子は、熱はあるにはあっても一定のところに落着き、全体に苦痛はそれほどのものではなくなっていた。

そんなある日、

「ねえ、向かいの窓を見てごらんなさい」

「あそこの病棟?」

「そう、産科病棟よ。あそこでわたし、赤ん坊を産んだの」

「赤ちゃん!」

「だけど、一度もだっこしないうちに、ここに入る羽目になってしまった」

「……」

髪の毛の長い女が、詩子に話しかけてきたのだ。先頃から、「毛が抜けて抜けて」と騒いでいた人である。彼女の髪は少しも少なくは見えない。それでも、これまではよほど多かったにちがいない。

彼女の赤児は、未熟児だったため保育箱に入れられ、彼女は、

「雨が降っても風が吹いても娘に逢いに行ったの。それが、こんどはわたしが、ここに入ることになってしまって……」

と声を嗄《しわが》らせた。

詩子には応えようがなかった。


その彼女が突然亡くなった。

そんなに悪かったのだろうか。それほどの病状とは詩子は予想だにしなかった。彼女は、頭にグサリと斧でも打ちこまれたかのように、何かを考える余裕を見出せなかった。

落着いてみれば、周囲に、患者たちの死は珍しくなかったのだ。男子病棟のほうからも、死者の出たことは伝わってきて、そんな時は、みな一様に自身の病状を思い、不安に駆られ、押しだまってしまうのだった。

いや、そうとばかりのものでもない。

「さあ、がんばらなくっちゃあ。だって、家で夫や子どもが待ってるんだもーん！」

と声を高くして、元気いっぱいなふうにふるまう者もいた。その女は見るからに顔色もよく、その挙措も活発で、一体、どこが悪いの？　といったぐあいである。

しかし、そんな彼女にしても、いつ、どうなるとも限らないではないかと思えば、詩子は、たちま

ちどん底へ突き落とされ、暗たんたる気分に陥らざるをえない。

通路を隔てて、両側に六つのベッドずつ仕切られただけの病室なので、女子病棟全体が見渡せる一つの大部屋のようなものだ。それでは広々としてのびやかかと言えばその逆で、雑然とした感を免れない。おまけに暗いのである。

詩子自身もまた、その暗さの一端を担っているにちがいなかった。彼女は、どこへでもいい、逃げだしたかった。


「その絵はよくないわ」

同室者の一人が、詩子のベッドぎわの壁にかかっている水彩画を指して言った。

「え？」

はじめ、何を言われているのか、詩子には解らなかった。

「あの、その赤い色がね、とび散って血のように思えるのよ」

「あ！」

詩子には、血を吐くといったことはなかったので、そんなふうに連想してもみなかったのである。むしろ、黄、青、白、もちろん赤もが花火のようにパッと広がって美しく、躍動感さえ感じられていたのだ。しかし、考えてみれば、さもありなんと、詩子は自分の迂闊《うかつ》さを感じ、「ごめんなさい」とすぐその額を取り外しにかかったその絵は、友人の夫である画家が、慰めにと見舞いに持ってきてくれた抽象画だったのだが。

みな、それぞれに切迫した日々を過ごしているのだった。詩子にしても、身内をはじめ、友人知人にまで心配されていて、そう安閑とした身ではない。ある友人は、詩子のことを思って、彼女のもとへ牧師さんを訪ねさせてくれもした。面会室といって特別になく、病室のドアを隔てて卓と椅子の置かれた、寒々としたスペースで、詩子は、黒服に白い詰め衿姿のその人に会うことになった。しかし、その人が何を言ってくれたのか、そして、彼女が何を耳にしたのか、心に響いてくるもののないままに終わってしまっていた。

2

いま、古色蒼然とした木造建築の一室、その六人部屋の窓際に、ベッドに横たわる詩子を見出すことができた。彼女は、日赤に入院して三か月後、東京郊外の清瀬に在る、国立東京病院へ転院したのだった。

ここは、昭和六年（一九三一年）に東京府立清瀬病院として出発したのだが、それからは清瀬村には結核療養所《サナトリウム》が次々と開設されていき、次第に、一大療養所村の感を呈していった由である。

それはさておき、詩子は、先の鉄筋の建物から、ガタピシと床の軋む、隙き間だらけの平屋建ての建物へと移ったのである。その落差は相当のもののはずだが、彼女は、はじめからそうであったかのように馴染み、常時、室内を微風が吹いているような環境を、むしろ喜んでいた。なぜか彼女には快く感じられたのである。病状が、いくぶん落着いてきていたせいか、あるいは逆に、この開放的な雰囲気こそが、病状を減じさせてくれる作用があったのだろうか。

窓といって、一メートルほどの高さの板張りの上に、粗い桟を施したガラスの引き戸が付いているだけの作りなので、ここから外へ出ていくことだってできる。現に、女性患者を訪問してくる男性患者のなかには、往路は入り口から慎ましく、そして帰路は、この腰窓をヒョイとまたいで、といった者もいた。

その窓の外の庭は、貧乏草（ヒメジョオン）が一面に生えているばかり。詩子のベッドからの視野の限りもそこに尽きた。いや、女子病棟は南北に二棟あり、どちらも東西に長くのびていて、彼女の属する部屋は、その南病棟の一番西端に位置しているので、より南から通じてきている、屋根のついた外廊下がすぐ近くに見える。したがって、そこを往き来する人たち（病者だけでなく、見舞い客や事務方の人や看護婦やら）の姿や様子も手にとるようにうかがえる。

〈樹木が多いなあ〉
〈地面が近いなあ〉

詩子は、そんな想いに満たされていた。そして、この安心感は、一つには建物が低く、周囲の環境にしっくり収まっていることもあるのだろうと感じていた。


「起床の時間ですよ！」

長い廊下を、看護婦の足音がドシドシと伝わってくる。床頭台の時計は六時半を指している。みな、一斉に検温である。脇の下に体温計をはさむと肌にヒヤリとする。微熱が出ているのかどうか、それでその一日の運命が決められてしまいそうな気が詩子にはする。いや、誰もが同様の気持ちなのだ。

次に洗面をすませ、身じまいをする。といっても、寝巻きの上に薄ものを羽織り、髪をなでつけるぐらいのこと。あとは、七時半の朝食。

床頭台に向かって丸椅子に腰かけ、黙々と食す。食欲のない人も少なくないのだが、一様にひっそりと、お盆にのせられた食物を見続けて時をやり過ごす。やがて、部屋の入り口に置かれた食膳車にお盆を返しにいく。あとは飲み薬と、患者によっては注射が待っている。

詩子は、抗生物質のストレプトマイシンあるいはカナマイシン、結核特効薬のヒドラジッド、それに胃薬を処方されている。

「はい、お尻を出して！」

看護婦に言われるたび、恥ずかしさを忘れはしないが、毎日のことゆえ馴れてみれば、もたもたせず、あっさりとお尻を出せる体勢をとって待てるようになった。

二十代の後半とはいえ、まだまだあるいお尻にブスリと針を刺されるのである。ストマイよりカナマイのほうが痛い。毎日こんなにブスブス射されて、さぞ、お尻は赤くなっているだろうなと思うが、自分の眼ではお尻は見えない。入浴時に鏡に映してみることは可能だが、しかし、限られた時間にそんな気持ちの余裕もないのが現実である。

〈仕事はおろか、日常生活もできなくなってしまったのだもの、何がお尻か！〉

詩子は、基盤となるものが崩れ去ってしまったと自嘲気味だが、彼女の預かり知らぬところで、お尻は自分のものではないか、痩せても枯れても、自分につながる躰はまだ生きている、生きようとしているではないか、と主張しているのだった。

九時半から十一時半までの二時間は午前の安静時間。午後も一時から三時まで同様にある。はじめのうち詩子は、長い安静時間だなという感想を抱いた。しかし考えてみれば、日赤病院に在っては、日がな一日ベッドにはりついていたではないか。この病を治すには、栄養を摂ることと共に、休養をとることが大きな処方なのだから、当然のことではあったのだ。

多くの樹木や木造の建物に囲まれた、この自然の環境にあると、おのずと人間本来の暮らし、つまり日の出と共に起き、一日を静かに穏やかに送り、夜には眠る、といった時の過ごし方が当たり前に思えてくる。外の世界では、それがなかなか難しいからこそ療養所入りとなるわけであろう。

詩子は、枕辺をぐるりと囲うカーテンを引き回し、書見台を手元に寄せ、読みさしの本のページを開いた。小説本である。あまり深い話ではなく、といってそう単純なものでもなく……。そして午後の安静時間は、さすがにうとうととすることもあるし、また、画集や写真集をただ眺めて、あれこれと想いを馳せていることが多い。

夕食は五時と早い。冬場はいざ知らず、陽の長い時季には、食後をどう過ごせばいいのだろう。いやいや心配は要らない。ホラホラ、外廊を通る患者たちの姿が頻繁にうかがえるではないか。夕方になっても元気の残っている者は、建物の外へ出ていくのである。


「詩子さん、行かないの？」

同室の人から初めて誘われた。

ああ、散歩に行けるぐらいの力があると見てくれたのだな、と彼女はちょっと嬉しくなる。

「行きます。でも、着るものが……」

「いいのよ、そのまんまで。寒いといけないから、上に何か着て」

見れば、パジャマの上にガウンをひっかけている。詩子は、浴衣の寝巻きに茶羽織を羽織った。

「けっこう、けっこう。まるでその辺の奥さまふうじゃないの」

と茶化された。

二人は出入り口のガラス戸を開けて、外気に身をさらした。

「ここの小路を行けばいいのよ」

そう示された土の径は、正門のほうから通ってきていて、女子病棟の傍らを通り、ごくゆるやかなカーヴを描いて南へと続いている。詩子たちはゆっくりと歩を進めていった。しばらく行くと右手に温室があり、その前面にも、鉢植えの花々が彩とりどりに咲き盛っていた。

「うわあ、きれい！」

詩子が思わず声をあげると、

「そんなに――」

と相手は、詩子の表現を大げさなと捉えているふうだ。しかし詩子自身は、その嘆声より、もっともっと〈いいな〉と心裡では思っていたのである。

あの日赤病院の、女部屋のベッドに横たわっていた日々。それは「肺病」ということばを発しただけで、暗く絶望的な思いより他に、どんな感情も浮かびようがなかった。そんな病者にも、このように緑の豊富な樹木や美しい花々、そして、快い土の径までが与えられているなんて、思ってもみないことだったのだ。

もちろん、たとえば、信州などのいかにも環境のよさそうな療養所を想像しなかったわけではない。いや、そういう所へ入所しようとさえしたのだ。

「遠すぎるわ」

日頃、決して自分を強く出さない母の一言に、その心情を汲んで、詩子は止まったのだ。それが、この東京で、思いがけず出会った新鮮な環境に、彼女は明るい気分と澄んだ空気ともども、病んだ肺臓を癒してくれる思いがしていたのである。

「疲れない？」

「だいじょうぶ」

「それなら、もう少し先まで行きましょう」

先にたつ相手は、まるで見舞い客ででもあるかのように、詩子の眼に颯爽として映った。

眼の前に雑木林がひろがっていた。楢《なら》、櫟《くぬぎ》、栗、それに柏木までがかつての武蔵野そのままに自然に陣どっていた。その林の中に点在する、一見物置きのような小さな建物。

「あれは外気小舎よ」

「外気小舎？」

「そう。安静度に一から七まであるでしょ。五度以上の人が入るのよ。つまり、退所の目途《めど》のついた人が、社会に戻っていくための準備や訓練をする所。人並みの生活が営めるように」

「訓練……」

「と言っても、別に何かの演習をするわけじゃなく、ただ、ふつうに寝起きして、そう、安静時間など取りたてでとらないで、一日を健常者として過ごすのよ」

「ずいぶんたくさんあるのね」

「そう、五十棟ぐらいあるかしら。でも、全部が塞がっているわけじゃないし、二人で使っている小舎もあるらしいわ」

「二人で？」

「男同士よ。まさか恋人や夫婦者なんてことはないわ。女は元々使えないんだし……」

「中はどんなふうになっているのかしら」

詩子は、特に興味を抱いたわけではないが、また、およその想像もついたにもかかわらず口にしていた。

「さあ、わたしにもよく分からないわ。どの道、狭い所ですものね」

同行者は、あまり関心を示さない様子だった。

詩子は、この時、後に、この小舎の一つに、自分がよく通っていくようになるとは思いもよらないことだった。

3

「詩《し》子さん」「詩子さん」と称んでは、彼女に何かと話しかけてくれる大畑女史と知り合ったのは、入所してどのぐらい経ってからのことだったろう。契機は判然としない。

詩子など二十代の者にとっては、大畑さんは大々先輩、相当の年齢にちがいなかった。かつ、女子病棟の最古参に近いと言っても過言ではなかった。そのせいで女史と称ばれているのかもしれない。いや、それだけではなく、その風貌からして、そういう呼称に相応しい。

白髪まじりの短髪は、くせ毛ゆえに程よいウェーブを見せ、痩せぎすの細身の躰はいかにも軽々としている。病状はそれほどいいとも見えないのに、長廊下を歩くときなど、ツツツーっと素早い。そして、博学なのである。

容貌があと回しになった。片方の眼が、どうしたのかひどく小さく、おまけに引っこんでいて、あきらかに過去に手術か何かを施されたものとうかがえる。第一、その眼に視力が残されているのかどうかさえ不明だ。「どうしたんですか」とは詩子はもちろん、誰も訊いた者はなさそうである。

♪砂漠に陽は落ちて　夜となる頃
恋人よ懐かしの　歌を唄おうよ

などと口ずさんでいるのを耳にしたこともあり、その切々とした歌声に、詩子は、大畑女史は若き頃、きっと大陸に行ったことがあるのだなと察した。そして、そのどこかの地で、とてつもなく巨大な太陽が、地平線にたったいまフルフルと沈んでいきつつある状景を想像せずにはいられなかった。

家族は持っていないといった雰囲気の人なので、そう思いこんでいたのだが、案に相違して息子さんがあり、それもトランペッターということだった。しかし、見舞いに来ている姿を見たことがない。同室ではないのでそう言いきることはできないが、ただ、トランペッターというのは、いかにも大畑女史のイメージに合うと詩子はひそかに頷いていた。

「詩子さん、行こ行こ」

ある日、大畑女史は、いつもの何気なさで詩子を誘った。

「どこへ？」

「いいから、いいから」

女史は、例によって、重量感のまるきりないような歩き方で、スッスッと先に立った。

〈なーんだ、ただの散歩〉と詩子はついていった。ところが、温室の傍らを通り、所内を一周している散歩道を、雑木林のほうへとズンズン近づいていくではないか。そして、とある一軒の外気小舎の前で脚を止めた。

「――さん」

と女史は声をかけている。

返答があったのかどうか、程なく内側から粗末な木の扉が開けられた。

顔を出したその人は、青年というには些か無理があったが、しかし、充分に若々しさを備えた人だった。彼は柔和ながら、ややひき締まった表情で二人を迎え入れた。

初めて小舎の中に立った詩子は、あまり見回すのも無遠慮に思い、視線をあちこちに奔《はし》らせないようにしていた。もっとも、狭い内部なので、サッとひとわたりで、おおよそのことは分かってしまう。

板壁に押しつけられた木製のベッド、手作りらしい卓と椅子、羽目板を押し上げ、棒で支えるだけの窓代わりの小窓、入り口のすぐ左手には、食するための申しわけばかりの台所道具。たった一個のカップですべてを済ませていたというギリシャのある哲学者とまではいかないが、とにかく、必要不可欠なものだけといったふうである。

「高槻《つき》さんよ」

大畑女史が、ここの主を紹介した。

「こちらは朝吹し子さん」

「し子、どういう字ですか」

高槻さんがきいた。

「あ、失礼！　あのね、詩人の詩で、ほんとうはうた子さんて呼ぶの。あたしはつい、し子って
……」

「ああ」

高槻さんは「了解」というように微笑した。

室内で何より詩子の眼をひいたのは、ベッドの上部の棚に、ぎっしりと立てかけられたレコード群だった。

こんなにたくさんと驚いている様子の彼女に、「何かかけましょうか」と高槻さんはきいた。

「ありがとうございます」

詩子が慌てていると、

「ここはクラシックばかりよ」

と大畑女史が言い添えた。

ここを訪れる人は、クラシックを聴く目的が主であることを、高槻さんは当然としているふうである。

ジュリエット・グレコ、ダミア、ティノ・ロッシ、イヴ・モンタンなどのシャンソンばかり聴いていた詩子は、クラシックは殆ど知らない。しかし、ある時、深夜放送でモーツァルトの交響曲「40番」を耳にし、その感動は深いものだった。素人の多くは、まずモーツァルトを好きになる由で、彼女も、ご多聞にもれずというところだったかもしれない。やがて、あの軽快なメロディーが小舎を埋めつくした。詩子は「40番」とは口にしなかった。高槻さんはどうして分かったのかしら、と何やら見透かされているように感じた彼女は、頬の上気を抑えられないでいた。

クラシックレコードの他にもう一つ、高槻さん宅を訪れる者には、彼の淹《い》れてくれるコーヒーという当てがあり、倖せがあった。大畑女史と詩子の二人も、その人たち同様に馳走になり、やがて女子病棟に戻っていった。

その後、大畑女史は詩子に会っても、「この間は楽しかった?」「どうだった?」などと一切きかなかったし、まして、高槻さんをどう思ったかなどとは一言も口にしなかった。

4

病室の六人、その誰と特に親しくなるということのない詩子だが、ノンちゃんと称ばれている向かいのベッドの、詩子とおつかつの年齢の人とは、比較的多く話をしていた。

ノンちゃんが大分快くなっているらしいことは、その動きで察せられた。活発なのだ。

蒼白な顔色の患者がほとんどのなかで、彼女は、顔一面の細かいニキビのせいもあるのか赤く、血の気があるように見えた。しかし、そのニキビは若さのあらわれとは言いきれない。ことによると肝臓が悪いのかもしれなかった。

「これ、敷いて寝ると、躰にいいのよ」

ある時、ノンちゃんはそう言って、四角い板を示し、詩子にすすめた。

「固いのね。痛くない?」

「固いところがいいのよ。胃弱の人なんかには絶対よ」

しかし、なるべく柔らかく、抵抗の少ないものに肉体を包まれたいと希っている詩子には、ノンちゃんの言う理屈は分かっても、それを使う気にはなれなかった。

「ホントにいいんだけどなあ」

彼女は残念でならないというふうに、まだ、あれこれとその効能を説いていたが、ふいに話を変えた。

「あたしさ、北海道へ行ってくるよ」

「え！　そんな遠いところへ……」

「うん。もう、許可もらってるんだ」

「故郷《ふるさと》なの？」

「ちがうちがう」

「旅行？」

「あのね、言っちゃおうかな。彼に逢いにいくの」

詩子が怪訝《けげん》な表情をしていたのだろう、ノンちゃんは、告白めいたことをあっさりと言ってのけた。

「前、ここにいたんだ、彼。いまはあっちで家の農業を手伝ってる」

「患者さんだったの？」

「うん。元気になって退所していったんだ」

「そう。でも、行ってだいじょうぶなの？」

詩子は、ノンちゃんの体力・体調を言ったのだが、そのかげでは、もちろん先方とは連絡済みだろうが、どことなく覚束なさを感じとり、不安に思う気持ちも過ったのである。

〈どういう約束が交わされていたのだろう〉

そんな詩子の思いをよそに、同室の皆に見送られ、

「じゃあ、行ってきまーす！」

とノンちゃんは勇んで出かけていった。お土産を入れた旅行バッグを提げて。

病室は、いつもより静謐《ひつ》な雰囲気に包まれていた。

ほとんど寝たきりの大野のおばさんは、別に病状が悪くてそうしているわけではなく、一刻も早く快くなりたい一心で、ひたすら安静を心がけているふうなのである。

一番若い二十歳前のチイちゃんは、よくベッドを空けていた。フラフラと他の部屋へ遊びに行ったりで、じっとしていられないらしい。病状もいいにちがいない。

詩子の隣のベッドの紺野さんは、黙々と身の周りを片づけたりで、一日の決まり事を、きちんと先へ先へとしおおせていた。

その名から〝クマさん〟と称ばれていたが、躰つきもその名に相応しく、小太りで色黒の熊崎さんは、いつもニコニコしているだけで、何を考えているのか、感情というものを表に現わさない、チイちゃんの次に若い人である。

そのクマさんに、ある日、呼びだしの言伝てが、チイちゃんによってもたらされた。

……○月○日、○時、温室の所で待っています。もし疲れるようでしたら、近くにベンチがあるので、そこに座っていてください……

「男子病棟の人からよ。うわあ、いいないいな」

チイちゃんが茶化したので、急に室内が浮き立った。

クマさんは浴衣を着て、太った胸元を少しでもきっちりしようと、きつく三尺を締めた。胸だけでなく、肩の辺りも丸々としているので、どうしてこんなに健康そうな人が、肺病になどなるのだろうと、みな、口にはしないが、内心ふしぎに感じているのだった。

「ほら、ハンカチや鼻紙、ちゃんと入ってる？」

手作りの布袋の紐を手首にかけて、ブラブラゆすっているクマさんを見て、若いチイちゃんが注意をうながしている。

「うん、入ってる」

クマさんは頷き、一同に見送られるのが気恥ずかしくて仕方ない様子で、スッと、いや弾けるようにして、出入り口のガラス戸をガタピシさせ、小走りに出ていった。

みな、ヤレヤレといったふうに、それぞれのベッドに落着き、それまでの活気ある雰囲気が急速に萎んでいった。


それから二十分、いえ、もっと早かったろうか、出入り口のガラス戸のそろりと開く音がした。気づかなかった者もいるくらいそっと。そこに、クマさんが立っていた。彼女は静止していたわけではなく、素早く自分のベッドに近づき、三尺も解《ほど》かず、布団にもぐりこんでしまった。

「どうしたのよ――」

チイちゃんがさっそくきいた。しかし返答がないので、彼女はクマさんのところへいき、ひっかぶっている布団の端をめくった。

「えっ！　ちがう人だったの？　そんなら誰よ。たしかにこの部屋の者のことを言われたんだけど……」

クマさんが何か小声で言ったようだ。

「あーら、紺野さんだったの。イヤダー、わたしったら」

紺野さんは、自分の名が聞こえてきたので、驚くと同時に困惑した。それに、クマさんにも失礼ではないか、と。

「行く必要があるのかしら」

「そりゃ、行かなくっちゃあ」

チイちゃんは、クマさんの気持ちなど、ほとんど気にしていない様子ですましている。

呼び出した人も人だけど、それをまちがえたチイちゃんにも因はあるのだし……と紺野さんは思い直した。やがて、彼女は重い気分のままに、義務を果たすかのように、指定された場所へ出向いていった。

温室の傍らに男の人が立っていた。一人でなはなく、三、四人いっしょに。

「ああ、よく来てくれましたね」

そう口を切ったのは、紺野さんより大分歳上の人で、あとの若い人たちは、どうやら、この療養所で親しくなった患者たちのようだ。

「こんにちは。何かわたしに？」

用があるのか、と紺野さんは率直にきいた。

「いやあ、突然で勝手なんですが。一度、ご馳走したいと思って……」

彼はそう言いつつ自分の名前をも告げたが、紺野さんの耳にはほとんど入らず、それでも、どこかで自分を見かけてのことと察した。

彼は何か話しかけたそうだったが、話しづらいらしく、早々に、いつ、どこで、と日時を指定した。紺野さんに、断わる暇も与えなかったのは確かだが、その理由ばかりでなく、彼女自身、療養所での日々に、やや退屈しかけていたこともあったのだろう、行く、行かないは半々の気持ちで部屋に戻ってきたのだった。

「どうだった？　会えたの？」

チイちゃんが好奇心いっぱいにきいた。

「ええ」

紺野さんは、詳しいことはしゃべらないままにベッドに入ってしまったので、チイちゃんは不満気な表情を隠さなかった。

紺野さんのレポート……

二台のセドリック車。一台目の運転席には、名前を覚えていない例の男の人が坐り、その隣席に紺野さんは指定された。そして二台目には五、六人の若者が、黒い塊となって乗っていた。

車は療養所の門を出ると、西へ西へと疾走し、三十分ほどで所沢近辺に着いたようだ。と言っても、紺野さんは、この辺の地理に明るくないので、療養所の位置から推し測ってのことだが。

車は一軒の料理屋へ横づけられた。一行はドヤドヤと廊下を踏んで、広間に卓を囲んだ。当の男の人と紺野さんは別の席である。

ヤクザの親分とその女！

子分たちは、親分の女に低姿勢！

そんな妄想を抱く余裕は、この時、紺野さんにはもちろんなかったが、ただ、後になって思い返せば、そんな感じだったのである。

彼女は、その苗字のように、紺色の上衣に白いブラウスが似合う、色白の清潔そうな女性である。男の人は、彼女と逢って食事もし、多少なりとも話してみて、自分の思い描いていた女とのずれを悟ったにちがいない。それきりに終わった。

考えてみれば、みんな胸を患い、療養中の身なのである。そのことを一刻《いっとき》忘れさせる雰囲気を、誰しも味わいたいのかもしれなかった。

5

静寂な、とは言いがたいが、それでも外界に較べれば、やはり静かな一日が療養所にはあった。

「夕べ、大野のおばさんが血を吐いたんですって」

「え！　だって、ずいぶん快くなっていたんじゃない」

「あんなに四六時中安静にしていたのに……」

一同、大野さんを気づかって、ヒソヒソと囁いていた。

同室で一番歳上の大野さんは、横になってばかりいるので、その顔も背格好もあまり明確には表現しえない。強いて言えば、思いのほか背がひょろりと高く、いつも灰色っぽい寝巻き姿の、ひどく地味な印象の人といったところ。

「……」

ドスドスという足音とともに、婦長さんが部屋に入ってきて、大野さんの枕辺に立った。

「大野さん、心配いりませんよ。あの血は肺からのじゃありませんでした」

「あのね、つきのもの（月経）が口から出たんです」

「え！」

大野さんが絶句すると同時に、聴き耳を立てていた一同のなかのチイちゃんが、

「そんなことってあるんですか？」

と思わず口を挟んだ。

「ええ、たまにあるんですよ。病状によってはね」

「重いんでしょうか？」

大野さんがきいた。

「そうではありません。下から出るものが上から出ただけですよ」

婦長に詳しい説明はなく、あっさりと答えた。

みな、納得したような、しないような曖昧さだったが、大野さんに大事なかったことで、ほっとしたのも確かである。一件落着。

そのこととは別に、詩子は、大野さんが、いつも「孫がね」「孫がね」と言っていたので、すでにお婆さんと思いこんでいたが、その人に月のものが巡ってきていることを知って、何か胸のモワーっとするようなへーんな気分にさせられた。

詩子自身、当然、性は女と思っていたが、考えてみればあやふやなもので、改めて女らしさというものを、自分の裡に見出すこともない。病んでみれば、ますますその傾向は強くなりつつあるようだ。

胸の病とは別のところが、少し具合悪くなった時など、「弱いんだなあ」と呟きつつ、主治医は、彼女の躰を物体のように診察したが、洗濯板とまではいかないが、胸の薄い、肉付きの悪い裸は、まさか男性のものと同じではないが、医師にとっては大差なく見えるだろうし、そういう扱いにもなってくるのだろう。しかし他方で、

「詩子さんのこと、髪のきれいな人って、北の病棟の人が言ってたわよ」

と告げられたりすると、彼女はただ聞き流すことはできず、ハッとしたりして、いくらかは心に動くものがあるのだから、やはり女であることにちがいはないのだろう。

化粧気のない蒼白い顔、パジャマや浴衣の上に羽織りもの、室内用のサンダルばき、年がら年中、こう定まった姿では、お洒落をする場もないし、第一そんな気になりようもない。

詩子には、そうしたことより澄んだ清浄な空気を胸いっぱい喫い、汚れた肺臓を、涼々とした薄青色に染めたいもの、と希求することのほうが、どれだけ強いかしれない。となると、やはり、女などというものは余計なこと、と忘れ去ってしまったか、あるいは知らずに追いやっていたということなのかもしれない。

しかし、同室者にも、また大勢の患者たちのなかにも、けっこうお洒落をしている人はいる。寝巻きやガウンにしても、種々の形や色があることだし、髪型一つにしても、寝る前に網カラーでていねいに巻いている人もいるのだ。

「詩子さん、眉毛の生え際を、ほんのちょっと短く切ったほうがいいわ。長いと老けて見えるから」

言われて、ああ、そういうものなのか、と詩子は妙に新鮮な響きを覚えた。同室者ではないが、口をきくようになっていたその女は、妻子ある人と恋愛関係にあるようだ。もちろん相手は患者だという。

詩子は、そのことへの驚きが大きかったが、よくよく見回してみると、患者同士の恋愛は珍しいことではなかった。手術病棟ではないし、自由に動ける人も多いので当然のことかもしれない。しかし、詩子自身にとっては、そういうことは思いもよらず、そんなことより、独りで外を歩けるようになったことが、つまり、病が快方に向かっているのではと思えることが、気分を明るくし、もうそれだけで充分だったのである。

病棟の南側のふとした所に小さな池がある。

詩子はその端に立ち、しばらく凝《じ》っと水面に眼をやっていた。

池水は澄んではいないが、濁ってもいない。ただそこに水が湛えられてあることが、ふしぎに彼女の心を落着かせてくれた。そして、病気はそう簡単には治らないだろうと思いはしたが、焦りは覚えなかった。

あの太陽のギラつく真夏に、吐く息も熱く絶えだえだった状態、それを思い返すと、嘘のようである。ウソ、そう、いまは天国にあるとさえ思えているのだから。木洩れ日の樹間を吹き抜けてくる微風、地にしっかりと根づいている草々、裸足で踏みしめたくなるような土の径、それに広い空。

詩子は、胸の痛みや苦しさを、ほとんど感じなくなっている。それでは、彼女は晴ればれとした表情をしていただろうか。いや、やはり病者のそれではある。患者なのだから当然のことだが、しかし、この療養所にすっぽりと嵌《はま》りこんでいる人たちの、馴れきった表情に較べれば、未だ片足を踏み入れただけといった半端な顔つきをしている。

ベッドにばかりはりついて、くる日もくる日も同じことのくり返しに、麻痺していきそうな自分を意識しなくなったとき、初めて古参者と馴染めるようになるのかもしれない。

そのことは別として、たったいま、午後の安静時間にもかかわらず、詩子はこっそり病室を抜け出してきていた。チイちゃんがよくしているように、掛け布団を人型に盛りあげて。

池から離れた詩子は、小径なりに、おのずと外気小舎の建つ林のほうへ歩いていった。そして、気づいたときには、過日、大畑女史に連れていかれた、高槻さんの小舎の前に立ち尽くしていた。

内には人の気配がなかった。と、ふいに、「いらっしゃい」と背後から柔らかい声が降った。ふり返ると、しわのよったYシャツに作業ズボン姿、そしてヤカンを提げた高槻さんが立っていた。

「あ」

詩子は、その人が高槻さんであることに驚いていた。彼を訪ねようと思っていたわけではなかったのだ。

「ちょうど、コーヒーを淹れようとしていたところなんですよ。一緒にどうですか」

と彼はさらりと言った。

「はい、ありがとうございます」

詩子もまた、するりと応えていた。何事にも躊躇しがちな彼女にしては珍しい。

高槻さんはYシャツの袖をたくしあげ、電熱器にヤカンをかけておいてから、棚からレコードジャケットを数枚とりだした。

「リクエストは？」

ここへの訪問者には、レコードを聴く目的の人が多いのは衆知のことである。

「はい、モーツァルトなら何でも」

クラシック音楽の初心者には、モーツァルトを好む者が少なくないということも同様である。

「何でも？　そう、それなら『40番』がいいのかな」

高槻さんは、過日の初訪問の折、詩子が『40番』に聴き入っていたのを覚えていてくれたのかもしれない。

軽快な、しかも浮わついた感じのない、しっかりとしたオーソドックスな響き。メロディーは次々と展開していき、そこに躰ごと惹きこまれて。と同時に、心の奥底のほうから込みあげてくる喜悦にも似た感覚。

高槻さんと詩子は、卓をはさんで粗末な木椅子に腰かけていた。それぞれの方向を向いて。

詩子はじっと耳を傾けているうちに、眼の前にいる彼のことも意識にのぼらなくなっていた。まるで、自室に独り在るように。

聴き終わったとき、詩子は、高槻さんが何か言っているのに気づいた。「どうでしたか」と訊いているのではなく、「コーヒーをもう一杯、いかがですか」と言っているのだった。

「ありがとうございます。でも、あまり長居をしては……」

詩子は急に慌てた。

たった一度、大畑女史に連れられてきただけの、ほとんど何も知らない人のところへ、こうして突然訪れただけでも、彼女にとっては異例のことなのに、音楽に没入させてもらい、そのうえコーヒーまでふるまわれて……と、自分の行為を初めて顧みるのだった。

「そうだった。そろそろ安静時間が明ける時刻かな」

高槻さんは、ひき止めて、かえって悪かったといった様子である。

「ええ」

「外気小舎に来てから、いろんな規則を忘れてしまったようですよ」

「ここにどのくらい？」

「そうだな、かれこれ半年になりますか。社会へ戻っていくための訓練期間ですからね」

「社会へ……」

そうなのだ。ここは仮りの住居と分かっていても、こうして暮らしに必要な最小限のものが揃っているさまを眼のあたりにすると、ここにずっと棲んでいても、おかしくないのではと詩子には思えてくるのだ。仕事に翻弄《ほんろう》されていた生々しいあの社会は、彼女から次第に遠のいているのに対して、逆に高槻さんは、その生々しい世界へと近づいていっているのだった。

「それでは」

「また、いらっしゃい」

詩子は雑木林を抜け、土の小径を行き、そっと病室へ戻った。そして、静寂を破らないように羽織りを肩から滑らせ、ベッドに潜りこんだ。

6

ノンちゃんが北海道から帰ってきた。

「ただいま！」

変わらず威勢のいい口調である。

「どうだった？」

みな、異口同音に訊きにかかった。

「どうって、別に……」

「ほら、彼のことよ」

チイちゃんがズバリと口にした。

「うん、元気だったよ」

「それだけ？」

とまでは言っても、「もっと何かあるでしょ」とは、いかにチイちゃんでも訊きがたかったようだ。

何・か・あ・る・とは、約束ごとでもしてきたかということである。

詩子は、ノンちゃんのことばの濁し方で、これは思うようにはいかなかったのだなと密かに感じていた。ノンちゃんの病状は恢復していた。療養所を後にする日も、そんなに遠いことではない。それほど若くはない彼女は、これからの身の振り方を考えていたにちがいない。そして、北海道の彼の元へ、旅ではなく永久に行くことと察していたのである。

しかし、ノンちゃんの独りよがりだったのか、彼の心変わりか、あるいは、何らかの約束は交わしていても、帰郷して暮らすうちに、彼の心境に変化が生じてしまったのか……。

元気になったとはいえ、胸を病んだという事実は、誰にも覚束ない思いを抱かせるものだろう。まして、田舎の農家や畜産業の家ではなおさらだろう。将来、家を委せる嫁となるのだから。

ノンちゃんは元気を装ってはいるが、気落ちしているのは明白で、ベッドにかじりついている日が多くなった。まるで病気がぶり返してしまったかのように。

「あんたは恋愛をしないねえ」

大畑女史は、時々詩子にそう言っては嘆いているが、へえ、恋愛って、そうそう安易にするものなのかしら、と口には出さないが、詩子は、女史の言いぐさに驚き、また新鮮さをも覚えていた。第一、恋愛をするという言い方に、いまさらに虚を突かれた感があったのである。

周囲を気をつけて見てみれば、患者同士の交流が盛んなので、それが恋愛にまで発展する例は少なくない。それなら、積極的なノンちゃんのこと、そのうち、きっと新しい人を見つけるだろうと、何やらほっとしてもいた。

詩子自身は、十代の終わりから二十代にかけて大々恋愛をし、と言って、まったくの精神的なもので、しかも大失恋をしていた。それで、もう恋愛は一生しないだろうとまで思いつめていたわけではないが、以後、恋愛からは遠いところにいた。失恋したからといって、さっぱり忘却の彼方に押しやってしまえず、相手への想いは変わらずにあった。ただ、それから六、七年を経て大病を患い、まして、こうして隔離された世界にあるうち、次第にその想いのほどは淡くなり、相手の顔貌を浮かべても生々しさが薄れつつあった。あるいは、時の移ろいがそうさせるのか、自身にもよくわからない。

高槻さんを外気小舎へ自ら訪ねていく、その行為からすると、長い間、いっさいが眼に入らなかった詩子にも、変化が生じてきていたのかもしれない。そして、ほんの数人だが、高槻さんだけでなく、他の男性患者との交流も、いつの間にかできていたのだ。もちろん、その人たちへの恋愛感情など微《み》塵《じん》もなく。

「いいかい、入っても」

無造作にそう言って、のっそりと高槻さんの小舎に入ってきた埴生さん。彼も外気小舎暮らしの人である。

白髪混じりのその面長・中高な顔貌は、その東北弁、いや、津軽弁に加えて、かの小説家・太宰治を髣髴《ほうふつ》とさせた。それもそうだろう、彼は太宰の甥ということだったのだから。
「婆婆《しゃば》じゃあ、新聞配達をしていたんだ」
という埴生さんは独り者で、金銭的にあまり恵まれていないのが察せられた。

詩子は学生時代、青森の金木という地にある太宰治の生家へ行ったことがあった。そこに、いかに立派な家屋敷が建っていたからといって、縁者の埴生さんもまた豊かとはかぎらない。そもそも当の太宰自身、実家からの援助も少なからず受けての暮らしぶりだったという。三鷹の借家で妻子を養い、小説を書き、お酒を飲み、不倫までしているのである。そんなふうでも、どこかに潔さや品というものを感じさせるのではあったが。

埴生さんに、そうした共通項を見出せたろうか。まあ、彼はあくまでも高槻さんを通しての知り合いで、直接の交流はなかった。いや、たった一度だけ、彼が詩子のベッドの傍らの丸椅子に腰かけたことがある。その時の話し方から、たとえば太宰の作品中の〝雀ガーと鳴きや　……おんずるおん〟といった詩を、もし埴生さんが朗読したならどんなにピッタリくるだろうと強く思ったものだ。

交流ということでは、大西先生とのほうがはるかに濃かった。先生とは、どのようにして知り合いになったのだろう。先生が詩子のところへ見えたことはなく、彼女が、珍しく何かの知らせをもって、男子病棟へ行かせられたのが契機ではなかったか。

大西先生は老人である。大畑女史に相対するような、男子患者の古参ということになる。

要件を話してるうちに、

「え、竹林夢想庵を知ってるの！」

と先生はひどく驚かれた。

「知っていると言って、ただ、名前だけです。夫人が、夫の著作本を持って売り歩いていられるとか……」

「いやあ、名前だけだっていいですよ。ぼくの周りでは、だあれも知らないんだから」

大西先生はすっかり感心、いえ、感激してしまったらしい。同室の患者たちが、二人に好奇の眼差しをそれとなく向けているようなので、詩子は早々に辞したかったのだが、先生は、そんなことにはまったくおかまいなく、盛んに話をすすめるのである。

……若き頃、新進の大学教授であり、画家・小林古径の女婿になるところだった。それが、当時、不治の病とされていた結核という業病に罹《かか》ってしまった。当然のことながら、すぐに治癒するはずもなく、それどころか、現在に至るまでの長い歳月を、思いもかけず、こうした所に捉われてしまった……。

以上のようなことを、先生は一時にではないが、詩子に語った。

〈先生の人生のほとんどは無に帰してしまった、ということなのだろうか〉

詩子には、先生の心裡が想像もつかない。それなのに、そのうえ次のようなことを依頼してしまったのである。

「先生、大変恐縮なのですが、これを読んでいただけますか」

それは、女友だちに託されていた小説原稿である。他人の書いたものに眼を通すなんて面倒このうえない。興味もないにちがいないし、断わられて当然と思っていたが、

「いいですよ」

先生は、あっさり受けてくれた。

そして、十日後、原稿を返しつつ、

「若い人の生き生きとした、そう斬新さがよかったですね。それと、家族に煙たがられている主人公の父親が、仕事から帰宅し、カントだのヘーゲルだのとぶつくさ呟きながら、自室への階段をのぼっていくところなんか、なんともねえ」

と先生は、自身に重ねているのでは、と思われるような言い方をした。青年期の自分と、その後に辿ったであろう自分とを。

「ありがとうございました。彼女、きっと喜ぶと思います。さっそく伝えます」

詩子はそう応えたものの、なんとなくすっきりしない。先生の感想に対してではなく、友人の作品に眼を通してもらうことを、療養中の老いた人に無理強いした気がしていたのだ。そして、この場と似たことが、かつてあったのを思い出してた。

「ぜひ、読んでもらってほしい」

知人の彼は言った。詩子が雑誌の編集にたずさわっていた頃のことである。彼女は断わりきれず、

作家のY氏に、仕事で会った折に頼んだ。身の縮む思いを押してのことだったが。あの時は、仕事柄もあって、一度ぐらい、そういうことがあっても致し方ないかなと、思わないでもなかった。しかし、今回は療養所内である。しかも、詩子自身の作品ならとにかく、他の人のものを持ちだすのは、己れの意に反している。もう、これっきり、決してこういうことはしまいと強く思った。しかし、自分のものではないせいで、できた行為かもしれなかったのだが。

いずれにせよ、療養所という、ことによると細菌だらけの場所が、詩子には、花園とまではいかないが、神聖な場所に感じられるようになっていたのである。せっかく俗世間と隔絶しているにもかかわらず、それを破っての俗事は、なるべく避けたいと。

大西先生にとって、先の依頼ごとが、迷惑だったのかどうか不明のままのある日、先生は、

「こんど、街へ出ましょう」

と詩子を誘った。

「まち?」

「清瀬の駅のほうですよ。出かけてもだいじょうぶなんでしょう?」

「はい、そのくらいは」

「それでは決まりですね」

「でも、先生こそだいじょうぶなのでしょうか」

「だいじょうぶですよ、そのくらいは」

先生は、詩子の言い方を真似た。

痩せ細った躰と、時々見せる息苦しそうな表情からして、先生は、詩子などより、はるかに病状がよくなさそうではあったのだが。


それから間もなくのある夕方、大西先生と詩子は、療養所の門前を通っているバス通りではなく、外気小舎の外れの辺りの林を抜けて、裏道を歩いていった。

詩子は、覚束ない足取りの先生を気づかいながら進んだ。彼女自身も、こうして所外を歩くことは初めてだったが、躰のことは大して気にならなかった。


やがて、街のふとした小さなバーの扉を押した。和服姿の老いた男性と、こちらも和式コートの若い女。父娘に見えたろうか。いずれにせよ、健常者とは見えないのだろう。店内にいた客は、それとなく二人をうかがっているようである。先生はそんなことには頓着なく、

「このひとにカクテルを。ぼくはストレート」

と声を大にした。

お酒なんて、中華料理の折の老酒《ラオチユウ》に、氷砂糖をたくさんいれて、ちょっと口にした経験があるだけの詩子だが、卓上のサクランボの添えられたカクテルは、いかにも香しく甘美に映り、スッと手を伸ばしていた。

「乾杯！」

先生はニコニコしてグラスを掲げた。そして、「こうしてみたかったんですよ」と言った。それは、詩子と、と限ったわけではなく、誰かと人並みに街のバーで、という思いにちがいなかった。

「だいじょうぶですか」

先生は、頬を真っ赤に、いえ、首から上全体を染めつつ詩子を気づかった。

「わたしはだいじょうぶです。先生こそ」

と言いかけて詩子は、先生の柔和な表情に、こわばりが加わっているのを見てとった。動悸が激しいらしく、苦しそうなのだ。

「先生、ちょっとおやすみになられたほうが……」

「いやいや、そんな必要はないですよ」

そう言うそばから、先生の顔から血の気が引いて、つい今し方までの赤い頬は蒼白に変じた。

「だいじょうぶですか」

店の主人が近づいてきた。

「すみません。ちょっと横にならせていただけると」

と詩子は、やすめる場所を眼で探した。

「平気〳〵」

先生は強がっていた。そのかげでは、このぐらいでアウトになるなんて、といった恥辱を覚えていたにちがいない。結局、横になることはなく、暫くすると、先生は平常に戻られた。

「そろそろ帰ろうか」

「はい」

「お大事に」

マスターは、二人の背に向けて一応そう言ったが、二人共に療養所の患者と分かっていたらしく、「病人がこんなところへくるもんじゃないよ」と言いたかったのだと詩子は察した。


先生と詩子は、再び同じ道を戻っていった。療養所が近づいてきた。敷地の外れのほうから林の中の小径へ踏み入る。

「先生、ほら、星が」

樹木の枝々が覆いかぶさり、辺りをいっそう暗くしていたが、その上方に、うっすらと、またくっきりと星々が瞬き、惹きこまれていきそうな神秘に充ちた宙が広がっていた。

〈ああ、わが家へ帰り着いたんだわ〉

詩子は、ことばには出さないが、素直にそういう心持ちになっていた。そして、新参者の域を出ない彼女がそんなふうに感じるのだから、長年月、そう、半生をここで過ごしてきた先生なら、なおさらのことだろうと、そっと彼の横顔を垣間見た。その痩せた頬から、赤みが薄れているのかどうか判然としないが、そこには、中高な鼻梁と薄い肩先が変わらずにあった。

7

その朝、詩子は、三分の一も手をつけていない盆を配膳台に戻していた。別にこの日に限ったことではないが、いつもよりである。

「熱は、特には上がってないですね」

婦長が体温計を振りながら言った。

「どこか痛む？」

「痛くはないけれど、ちょっと胃が変」

「強い薬を使ってるんですものね。もちろん胃薬も出しているけれど」

「……」

「担当医に報告しておきましょう」

間もなく、詩子は診察室へ呼ばれた。

松江担当医は、彼女に聴診器を当てながら、「弱いんだなあ」と呟いた。結核に罹るような者は、肺ばかりでなく、他の個所も同様なのだといったふうに。

詩子は、大西先生と街へ出たこと、そこでカクテルを飲んだりしたことは黙っていた。もちろん、そのせいとは思っていなかったので。

〈医師《せんせい》、わたし、そんなに駄目な躰ではないはずです。なぜって、子どもの頃からずっと、むしろ丈夫なくらいだったんですもの。肺を病むなんて、きっと、不規則な、それも過酷な仕事をしていたせいなんです〉

詩子は心裡で抗弁していた。もし口にしたなら、「みんな、仕事は大変なものなんだ。そこで病を引きこむか否か、ってことじゃないのかな」と言われそうだったから。ただ、医師が厭味からではなく、同情的な意味合いで言っているのは、詩子にも解った。


彼は日曜画家でもあり、つい先頃、所内で個展を開催していた。チェーホフの小説『犬を連れた奥さん』ではないが、〝子犬を連れた貴婦人〟というタイトルの小さな油絵を気に入って、詩子は迷うことなく求めたのだった。それは赤い画面の右側に、黒い服に白い帽子をかぶった女の人が、手綱を握って立ち、左側に、子犬にしてはお腹のふくらんだ、熊のような犬が向き合い、その側には木の緑が、赤色と対照的に配置されたものだった。

療養所では、読書こそできるが、絵画を直接眼にすることは難しい。医師の個展は、詩子にとっては慶事だった。寝巻きの上に茶羽織りをひっかけ、スリッパのままで会場へ、という恰好には、少なからず抵抗を覚えたが……。

松江医師の絵は、決して片手間のものでなく詩子には感じられた。全体に驚きはないが、色彩や形の捉え方に好感が持て、心に通じてくるものがあった。こういう絵を画く人なのだ、という他に理由はない。

「これを、病巣のあるところに、皮膚の上から直に当ててみてください」

ある時、松江医師にそう言われて、詩子は、左胸の鎖骨の下辺りに、小さな電極を宛てがう電気療法を行ってもいた。松江医師の開発なのか不明だったが、実験的な療法ではあったようだ。

病巣は、躰の外側からでは、此処と明確には指し示せない。大体この辺りといった感覚で、詩子は勝手に当てていた。（ずっと後年、そこの個所に違和感を覚え、ことに天候の悪い日にはシクシクと痛むようになってしまったのだが——）。いずれにしても、病のことは松江医師に全面的に委せていたのである。

詩子の胃は全快とまではいかないが、元に戻りつつあった。ただ、次にどのような病状が起こるかは分からない。

「何しろ、強い薬を使っているんですからね」と婦長は再度言い、「だから、静養一番に心がける必要があるんですよ」と強調した。


詩子は、街へこっそり出かけたことが脳裡を掠めたが、しかし、自分が不摂生をしたとは思わない。それより、その後、大西先生の体調はどうなっているのだろうと、ふっと不安が過った。様子をうかがいに行ったほうが、と思ったが、すぐには実行に移せないでいた。自身の躰の具合もあるが、男子病棟に足を踏み入れるのが億劫でもあったのだ。

やがて分かったことは、先生が、大部屋から個室に移されているということだった。手術とまではいかないが、容態の悪い患者が、看護婦室の直近に宿る部屋である。

詩子は、温室のある所で、碧《あお》く清涼感漂う花を求めた。そして、訪れていいのか分からないままに、先生の個室へ近づいた。

入り口のガラス戸の傍らに〝面会謝絶〟の木札を認めた。胸を衝かれた彼女は、看護室へ小走りになっていた。

「ああ、大西さんね。熱発でね」

「高いんですか」

「ええ、大分。とにかくいまはダメ」

「はい、分かりました。それでは、これを」

「あ、お花。それどころじゃないんですけどね。花瓶もないし……」

「分かりました。あとで花瓶も一緒に」

詩子は花を持って引きさがった。

具合の悪い時には、花を眺める余裕などない。が、高熱でボーッとしている際でも、ふと眼に入る碧い美しい花びらには、汗まみれの頭を左右していた脳の片隅を、清浄にしてくれる作用があるかもしれないと、詩子は勝手に想像していたのである。

「あの碧い花は、何という花？」

後日、危機を脱した先生が問うた。

「はい、名前はよく分からないんです」

と応えつつ、先生はいつ、あの花に気づいたのかしらと思ったが、詩子はそのことには触れず、「ほんとうに、よかったですね」と熱が正常に戻ったことを喜んだ。

「うーん、どうも風邪だったらしい」

「街へ出たせいで……」

「いや、これまでにも、こういうことは何度もあったんですよ。病棟のそばにエゴの樹があるでしょ。いっぱいの白い花が何とも可憐で、長いこと眺め続けていて、初夏というのに、すっかり躰を冷やして、参ったこともありました。しかし、そのつど何とかなりました」

「不死鳥のようですね」

詩子は冗談めかして言った。

「そう、まさにフェニックスだ。だが、飛ぶことのできない、ここから永久に出られない鳥なんだろうね」

「そんな！」

詩子は「そのうち、きっと出られますよ」と軽く言うことはできなかった。

「また、大部屋に舞い戻りますから」

先生は淡々と告げた。

8

宮脇悟郎氏とは、詩子は、どういう契機で知り合ったのだろうか。彼もまた、外気小舎の住人だったので、やはり高槻さんとの縁かもしれない。

彼は作家ということだが、彼女は、その作品を読んだことがない。

坂本龍馬についての研究や小説も書いているということで、土佐の出身と聞けば、さもありなんと頷ける。

総じて蒼白な顔色の患者の多い、その人たちとはうらはらに、顔全体が赤くはちきれそうな、いかにも血の気の多そうな人である。

「ぼく、悩んでいることがあるんですよ」

ある時、宮脇氏は思いきったように言った。

「え？」

どう応えたらいいのか分からず、詩子が黙っていると、

「――さんを、ね、好きなんですよ」

と、美しい娘として、所内で知っている人は知っている、ある高校生の名を口にした。彼女は、患者への映画鑑賞会の際、壇上に上がったりで、目立つ存在だった。

五十代に近づいている宮脇氏は、自分の子どものような、うら若い乙女に恋をしている様子である。

「先日も、彼女から〝ヘルプ、ヘルプ〟って書かれたメモのような手紙を渡されたんです。この、〝ヘルプ〟って、どういう意味なんでしょう？」

「さあ、大学受験か、あるいは、在学中の高校のテストの助けを指しているのではないかしら」

——さんの病状は軽いらしく、この療養所へは、ちょっと寄り道したといった印象なので、そろそろ退所の時が来ているのでは、と詩子は推察して言ったのだ。

しかし宮脇氏に、そんな考えはまったくなく、〝ヘルプ〟とは、彼に対する何らかの訴え、もっと言えば、彼女の心裡を告白しているもの、とさえ捉えたい様子である。

思いこんでいる人に対して、詩子は言うことばを見出せない。そして、妻子があったとて、恋をしていけないということはない。中年の男性が十代の女性に、それも否定はしない。ただ、宮脇氏と——さんとは、どう見ても不釣り合いに感じられるし、それ以前に、氏が思い違いをしているとしか考えられなかったのだ。

この一件とは別に、宮脇氏は、彼の知人の誰かとの齟齬に悩んでいて、「どう思います？」と詩子に問いかけてきた。

「さあ……」

作家である彼が、そのようなことを他人に対してたずねること自体に、どこか納得のいかないものを感じたが、詩子は、

「直接、その方に、疑問に思っていることを訊いてみてはどうでしょうか」

と、思いのとおりを口にしていた。

「あ、そうだ、そういうことか」

氏は大きく頷いたのだった。


その後、高校生とのことはどうなったのか、詩子は知らない。相変わらず、宮脇氏は振り回されているらしくもあったが。


詩子の病状は、遅々としていても、佳いほうへ向かっているようだった。元々、痛みというものはほとんどないのだし、苦しみを感じることも少なくなってきていた。もっとも、肺活量が減れば、呼吸もおのずからゆるやかに自然にしてはいられない。

しかし、肺臓以外の彼女の躰の各所、各部品は冒されていないのだ。血液は全体に流れているわけで、いずれの部署も無関係であるはずはないが、それでも、彼女はまだ若い肉体の所有者だった。

老いた人たちが、さまざまな病に罹るのは、あらゆる個所が使いふるされ、傷み、持ちこたえきれなくなった結果であろうか、ある日、思いがけず病を発症する。あるいは、これといった病でなくて

も、どことなく優れない憂うつな日々が訪れてくる。

そういう点で、若い肉体は、まだ純白な部分が多く、恢復の余地も充分ある。詩子もまたその例にもれず、体力、気力とも当然充分とは言えず、おぼつかなくはあるものの、静かな生命力に支えられているらしかった。


ある日、詩子は、渡り廊下を長々と伝っていった端にある購買部へ、小物を買いにいった。その折、「デモに行きませんか」と声をかけられた。声の主は、患者の自治会委員長の木原という活発そうな青年だった。

「デモ？　わたしたちが？」

弱々しく、ほとんど横になっていることが仕事のような人たちが、やおら立ち上がって列をなす、腕を組む……そんなことが可能なのだろうか、と詩子は、とっさには現実味のある事柄には思えなかった。

「医療費が高くなっているでしょう。黙ってばかりはいられませんからね」

木原さんの言うとおりである。

詩子は自身について考えを巡らす。

小さな出版社で仕事をしていた。業種そのものには望んで就いたわけだが、月刊誌なので毎月、企画・取材・記事書き、そのうえ印刷所への出張校正が夜半に及び、息つく暇もない状態だった。

ただ、出社時刻は遅く、場合によっては、自宅から直接取材先へ、また、原稿もらいに回ってからという自由さもあり、朝きっちり出かけていくのが苦手な彼女にとっては適っていたのである。しかし、若さだけでは済まされない、いや、若いからこその過信が、思ってもみなかった病を招いてしまったのだった。

療養生活は長くかかる。復帰を待ってくれる余裕は小会社にはなく、おのずと辞めざるを得なかった。もっとも、それ以前から詩子は、心情的に行き詰まっていたようで、それは肉体が弱りつつあって心を萎えさせていたのか、抱えた鬱屈が肉体を弱らせていたのか分からない。その双方かもしれなかった。

退職金はなく、半年間の失業保険が辛うじて出ただけである。しかし、親の家にあって、直ちに困るということはなかったので、経済面について特に考えなかった。また、将来について思いを馳せることもなかった。結核を病んで、その先に何かあるとも思えなかったのだろう。

しかし、いま、眼前に、夫や、妻や、子や、老親……を留守宅にかかえて、療養している患者が大勢いた。その人たちにとって、日々の生活の重さは切り離せないのだ。

「ここから往復バスに乗っていくんですから、大丈夫ですよ」

木原さんは締まった表情で言った。そして、

「デモって言っても、行進するわけじゃなく、集会の場所に集まるだけですから」

と、詩子を安心させるかのように付け加えた。

9

大型バスには、大畑女史をはじめ、同室の者や顔見知りの人たちも、少なからず乗りこんだ。東京郊外のこの場所から、やがて都心に入り、そこを抜けて晴海へ。

詩子は窓外に眼をやっても、特に感慨はなかった。ただ、ああ、いま、あそこを歩いている人たちの一人として、こうした街に溶けこみ、自分は働いていたのだなと思い返されはした。しかし、それは、あまりに遠く隔たった過去のことという気がしていた。

途中、気分が悪くなる者も出ず、目的地に無事到着。幟《のぼり》を揚げた人、プラカードを持った人、腕章を巻きつけたり、文句を書いた布を服の背に縫いつけた人、人、人。この大勢の参加者のみなが、どこかしら病んでいるのだろうか、と詩子は病者である自分を忘れて、病者であるはずの彼らに圧倒されていた。そして、この大集会には、ただ参加しただけで、一日が終わってしまった思いが強かった。

後に、木原さんから、この時の写真を手渡された詩子は、寝巻きから外出着に着替えた自分の姿に、珍奇なものを見るような、ふしぎな感覚を味わった。

詩子は、外気小舎へ高槻さんを暫く訪ねていない。いくらデモに参加したからといって、忙しかったわけではない。いつも気にしてはいたのだ。一つには、訪問者の多い所へ顔を出すことに、なんとなく気が引けてもいたのである。さまざまな人が出入りしているからこそ、その中の一人としての自分を思えば、気が楽なのではないかとも考えられるのだが……。しかし、高槻さんには〝来る人は拒まず〟といった面が感じられるので、こちらが気遣う必要があった。

そのくせ、詩子は、ある夜、それは九時の消灯後のことだが、唐突に外気小舎のほうへと足を向けていた。病室を忍び足で抜けだし、気がつくと、夜の小径をおぼつかない足取りで先へ先へと進んでいた。

黒々とした樹木の枝々の間に、幽かな灯が所々ボーとうかがえる。ああ、ここでは就寝時刻なんてなかったのだ、と詩子はいまさらに思う。それゆえに、高槻さんを訪ねようとしたにもかかわらず。

そして、自分と同様、こうして訪問してきている人がいるかしらという思いが、ちらと彼女の脳裡を掠めた。が、他の人が居ても居なくてもかまわないではないかと心を決めた。

「こんばんは」

詩子は、板戸に向けて小さく声をかけた。

「はい」

例によって、柔らかい声音がすぐ返ってきた。彼女が板戸に手をかけようとしていると、「どうぞ」と重ねて声がした。

そこには埴生さんもいた。

「どうかしましたか」

高槻さんが訊いた。

「いえ……」

詩子が言いよどんでいると、

「九時に寝るのは早すぎますよね」

と高槻さんは、入り口に立っている詩子に、驚いたふうもなく言った。

「さて、俺、用があるから」

埴生さんが、椅子から腰を浮かせた。

「ごめんなさい。どうぞわたしにかまわず」

詩子が慌てて言うと、

「俺の小舎、すぐそばなんで、ここに入りびたってるんですよ」

と苦笑いをし、中高の顔の表情を崩した。

高槻さんが頷くと同時に、埴生さんはそそくさと去っていった。

狭い室内で、高槻さんと間近に向かい合うと、詩子に、急にきまり悪さが押し寄せてきた。特にこれという用事もなく、ただただ気分に委せてやってきてしまったのだから。

以前にも、午後の安静時間中に、ふいに訪ねたことはあったが、今回は夜である。すでに来てしまっているのに、彼女は平気ではいられなかった。

高槻さんは何も訊かず、

「コーヒーには遅いかな」

と呟いた。

「と言ってお酒はないし……あ、これは冗談。ここにお酒があるはずもなし。もっとも、ぼくは飲めなくなってしまったんですけどね」

「以前は飲めた……」

「ええ、けっこう。何しろ仕事の相手がロシア人でしたからね」

彼は外語大出身で、ロシア語が堪能ということは耳にしていた詩子は、「ウオッカ」ということばが口をついて出た。

「そう、海上の船内で商談をするんですよ、ウオッカを飲みながら」

詩子はその光景を想像した。ああ、そういう仕事もあるのだと、何かしら心の開けていく心地がした。海や船や外国人や……箱庭ではない広々とした、あるいは茫洋とした世界。

しかし、眼の前の高槻さんは、手術によって左肩が極端に下がり、歪んでしまった細い躰をじっと支えている。そのうえ、時々ひどく咳きこむ。そんな際は、詩子にかぎらず訪問者はみな、あたかも何でもないかのように脇を見たりして、咳が治まるのを待つのだった。

「寒くないですか」

「いいえ、だいじょうぶです」

「詩子さんは東京出身ということですが、ぼくの故郷は信州の大町ですからね。冬はそりゃ寒いんですよ。そのかわり、炬燵に入ったままで、アルプスが見えるんですよ」

高槻さんは、遠くを見はるかすような表情になった。

詩子は、その表情につれて、自身もまた、雪をいただき列なった山々の偉容を想起していた。と同時に、飛白《かすり》模様の肩上げのある着物を着た少年が、炬燵に脚を投げだし、蜜柑の皮をむきながら、頻りにガラス戸の向こうの冬景色に眼をやっている姿が浮かんだ。現在の高槻さんではなく、と言って青年期の彼でもなく、なぜか少年なのだ。

そして、周りに家族らしい人はなく、炬燵に入っているのは彼一人。その眸は輝いているにもかかわらず、どことなく寂し気である。

詩子はそばに行って、少年の薄い肩をそっと撫でてあげたい気持ちに捉われ、ぼんやりしていた。気づくと、高槻さんの口元が動いていた。「そろそろ戻ったほうが」言っているようだ。

「はい、そうします」

詩子は慌てて立ち上がった。

「送っていきますよ」

「ありがとうございます」

詩子は素直に応えた。

懐中電灯で照らしつつ高槻さんは先に立った。後ろを詩子はとぼとぼと従いていく。

「あ、星が出てますよ」

高槻さんは立ち止まり、懐中電灯を消し、見上げている詩子の傍らで、その高い背を屈めた。彼女は片頬近くに彼の息吹を感じた。が、それも一瞬のことで、彼はあくまでも、いつものままの自然さで、「凄いなあ」と感嘆した。

蒼黒い空には、黄白色の星々が、そこここに音もなくきらめいているばかりだった。すでに女子病棟の近くまで来ていた。

「それじゃ、ここで」

「お寝みなさい」

二人は小さくことばを交わし、別れた。


それから、どのぐらいの時を経ていただろうか。高槻さんがコートを着、ビジネスバッグを提げて所外へ出かけていく姿を、詩子は一度ならず見かけた。本格的な社会復帰の前の予行演習のようなものにちがいなかった。

細い躰、咳きこみも頻繁、それでも仕事の場に戻っていかなければならないのだろうか、と詩子は、「よかったですね」と彼を祝するよりも、不安のほうが頭をもたげてくるのだった。

療養所は、苦痛・苦闘の場であると同時に、楽園でもあった。その楽園に、人びとはずっと居続けてはいけないのだろうか。大西先生にように、ここを棲家として、腰を落着けるわけにはいかないのだろうか。ほとんどの者たちにとって、そうはいかないことを、詩子は思い知らされた感があった。

10

高槻さんはついに退所した。みなの見送りに手を振りつつ。いや、もっとひっそりと。かつては、この退所風景も大分ちがっていたらしい。家族がつき添って、荷物を提げて、庭には、看護婦さんや在所患者がズラリと並び、……といった喜ばしくも和やかな、いえ、晴れやかでさえあったようである。人によっては、現在だって変わらないのかもしれないが、高槻さんの場合はことに、迎えの家族も親類もなく、渡り廊下を歩いてくる彼に、およその者は、それぞれの病室から顔だけ出し、といったふうだった。

ひょろりとしたその姿は、決して頼もしさを感じさせるものではなく、しかし、まだ万全ではないとしても、否応なく社会復帰しなければならないところにきていたのだろう。彼は、詩子を一瞬認め、凝視したが、何でもなかったかのように、すぐ視線を正面へ向けてしまった。

詩子は、自身のことを初めてふり返ってみるのだった。すでに一年余が経つ。しかし、大西先生などから見れば、この病の初心者もいいところで、自分でも、まだまだ先は長いと思いこんでいた。が、案外、退所時期が早く来たとして、それからどうするのだろう。元の職場に戻ることはない。それではどうするか。親は健在だが、娘の退所を待ち望んでいるというわけでもない。元気いっぱいでというのなら別かもしれないが、家でフラフラされては、迷惑以外の何ものでもないだろう。

彼女は、それ以上何も考えられなかった。

「どう、元気にしてる?」

大畑女史が、ひょっくり詩子のところへやってきた。しょっちゅう顔は合わせてはいるのだが、ベッドまでということはそんなに多くない。彼女のスッとした挙措《きょそ》は、痩せきっている躰にもかかわらず、病んでいるのを忘れさせるほど軽々としていた。

「はい、どうやら」

詩子が応えると、

「そう、そんなら行こ」

女史はせっかちに言う。

「行こうって、どこへ」

「あのね、石田波郷氏が話をするんだって」

「え、あの俳人の」

と言って詩子は、

〝白き手の病者ばかりの落葉焚〟

という句ぐらいしか知らないのだが、ここに入所していると耳にしてはいた。しかし、手術病棟にということなので、遠い存在としてあったのだ。

「従いておいで」

大畑女史は、廊下をさっさと進んでいく。ここを曲がりそこを曲がりして、漸くその部屋の前へと辿り着いた。後方の出入り口まで人でいっぱいである。所々に看護婦の姿も見かけるが、ほとんどは入所患者らしい。学校の教室のように並べられた椅子は、全部埋まっていた。

療養所内で俳句を学んでいる人たちの会が、波郷氏に講演講義を依頼したといったところのようである。

部屋の後方の壁に添って立っている人たちの間に、大畑女史と詩子は辛うじて入ることができた。

前方のガラス戸が開けられ、ガウン姿の背の高い波郷氏が、音もなく入ってきた。緊張した空気におおわれ、一瞬静寂に包まれた室内。

氏は、中央の小卓の置かれた席に立つと、徐《おもむろ》に話し始めた。どうやら、俳句の会の会員たちの作句について、批評・感想を述べているようである。手元にそれらの印刷物がないので、部外者には、おおまかなことしか分からない。それでも、詩子は、氏の一言〳〵に神経を集中させていた。

おそらく篤く病んでいるであろう氏が、それを押して、こうして皆の前に立っていることを思うと、正視に耐えない気がしてきた詩子は、時々、その蒼白な顔にひたと視線をあてては逸《そ》らしていた。

「帰ろ」

隣で大畑女史が囁いている。

「え？」

詩子は、はじめ女史が何を言いだすのか、こんな貴重な時と、場を、こちらから去っていくなんて、と思った。しかし､立ち尽くしている女史の疲れた様子を見ていると頷き、そっと彼女の後に従った。

病室へ戻っていく間、二人はひとこともことばを交わさなかった。

これは、後になって知ったことだが、石田波郷氏は、昭和二十二年に発病し、ここ、東京府立清瀬病院に入院、その後、昭和三十八年以来、何回も入退院をくり返していた由である。

昭和四十年頃、句集「胸形変《きょうぎょうへん》」を出版、同四十二年入院、同四十五年、追悼号が出ている。


暫く経つと、再び大畑女史が詩子のところへ現われた。過日の石田波郷氏のことにはまったく触れず、いきなり、

「いい所へ連れていくから。ちょっと遠いけど、いいよね」

と有無を言わせない口調だった。

「はい、だいじょうぶです」

自分の体調に変化はなかったので、詩子は素直にそう応えたが、女史こそどうなのだろうと危ぶん

だ。しかし、彼女はいつもどおり飄飄《ひょう》としていて、ほんとうのところが掴めない。

間もなく、太い石柱の上に衝羽根卯木《つくばねうつぎ》の植えつけられている療養所の門前に、大畑女史と詩子の姿が見かけられた。

二人はバスに乗り、清瀬駅へ出た。そして三十分ぐらい電車に乗ったろうか、とある駅で下車すると、南へ向けて通っている表通りを、女史はさっさと歩き始めた。

どこへ行くのかしら、と思いはしたが、詩子はあえて訊こうとはせず、黙々と従いていった。

十分足らず歩くと、女史は、黒っぽい平屋建ての小住宅の前で立ち止まった。

「ここだったかな」

彼女はそう呟くと、玄関のガラス格子に手をやった。

「こんちは」

と声をかけると同時に、内からガラス戸が開けられ、そこに立った女人が、

「よーくいらっしゃいました」

と顔をほころばせた。

大畑女史とおつかつに痩せてはいるが、まだ若さの尾を引いているその女は、「さ、どうぞどうぞ」と奥のほうへ誘う。と言っても玄関からすぐの小さな畳の部屋である。

詩子も共に来訪する旨を知らせてあったのだろう、卓袱台《ちゃぶ》には、すでに三人分の食事が用意されていた。

鰹《かつお》の刺身と筍の煮付けとは、いかにも季節感の盛られた饗応だった。療養所の食事に、毎食責めたてられている者の気持ちをよく解っていて、少しでも新鮮さを、という思いやりの心がそこには溢れていた。

食事が済むと、客にはコーヒーを。そして女主人は、

「この頃は煙草を持つのも重く感じられて……」と言いながら、その細い指に、軽いと言われている種類の紙巻き煙草を挟んだ。

彼女もまた、かつて同じ療養所にいたことを知り、大畑女史との縁を、詩子は漸く解したのだった。

やがて女史と詩子は、やってきた道を、現在の棲み家へと戻っていった。

大畑女史はどうだったのか分からないが、詩子のほうは、それほどの疲れも覚えず、再びくり返しの日々に浸りこんでいった。いや、これまでとどこかが異なりつつあったかもしれない。たとえば、見馴れた風景が、幽かにではあるが、違って見える気がし始めていたのである。

同室の人たちに入れ替りがあったし、高槻さんを筆頭に、気づいてみれば、講堂代わりの畳敷の広い部屋で、レコード鑑賞会を企画し、即興的ピアノソロで始まるピアノ協奏曲「皇帝」に自ら聴きほれていた患者組合の木原さんも勇んで退所していったし、作家の宮脇氏も、美少女に惹かれつつ、家族のもとへと去っていった。そう、太宰の甥という埴生さんも、退所が決まり、その祝いに、誰かから贈られたウィスキー瓶を抱えて、詩子のベッドへ報告に見えた。

大西先生や大畑女史は、相変わらず在所しているが、詩子の知る患者さんたちの顔ぶれに、変化が

生じているのは確かだった。そして、何よりの変化は、詩子の心境にあったのかもしれない。彼女の病巣は、すっかり取り払われたわけではないが、雨降りの状態から曇りへ、そして、曇りから薄曇りへと恢復しつつあるようだったのだから。

色褪せて見え始めた療養所、と思う程なく、思いがけず早期に、詩子もそこをあとにすることになったのだった。

いま、詩子は、かれこれ四十年ほど前療養所で知り合った人たちを思い浮かべてみる。と、あの人も、この人も、男も女もみんな、現代の人たちとは容貌からして隔たった感のある、言わば昔の人たちなのである。それは単に、時の移ろいがもたらしたもの、というだけではなく――。

〈彼ら彼女らは、ほんとうに存在していたのだろうか〉

詩子は、夢か幻を見ている想いに陥るのだった。あの、楽園にも紛う明るい日射しに溢れた土の小径、そして、その先の雑木林に点在する外気小舎とともに。療養所全体が木洩れ日の舎《や》、館《やかた》であった。

トレドまで

2017年1月15日　第1刷発行

著　者 ―― 半井《なからい》　澄子《すみこ》

発行者 ―― 佐藤　聡

発行所 ―― 株式会社　郁朋社《いくほうしゃ》

〒101-0061　東京都千代田区三崎町2-20-4
電　話　03（3234）8923（代表）
ＦＡＸ　03（3234）3948
振　替　00160-5-100328

印刷・製本 ―― 日本ハイコム株式会社

落丁、乱丁本はお取り替え致します。

郁朋社ホームページアドレス　http://www.ikuhousha.com
この本に関するご意見・ご感想をメールでお寄せいただく際は、
comment@ikuhousha.com　までお願い致します。

ISBN978-4-87302-633-6 C0093
日本音楽著作権協会（出）許諾第1614408-601号